푸른 알약

프레데릭 페테르스 유영 옮김

세미콜론

부조리…

부조리극…

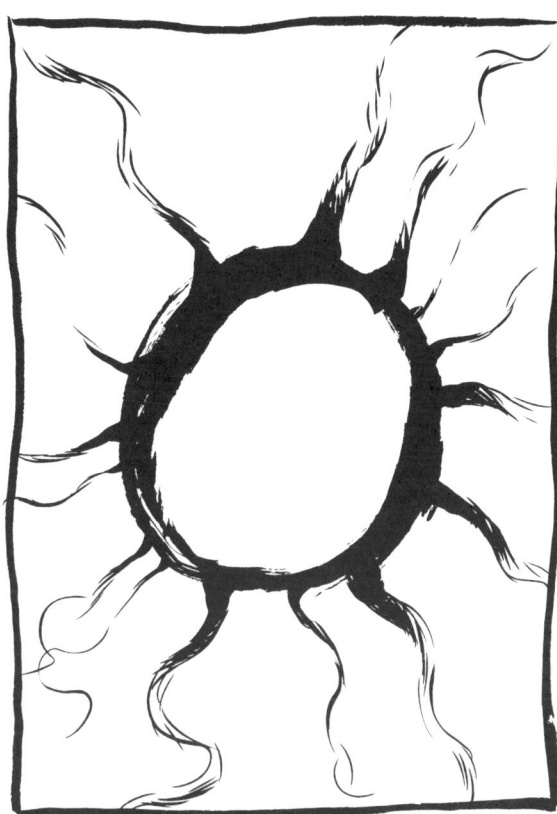

음… 부조종사…

부조초…

아! 찾았다! 부조화!

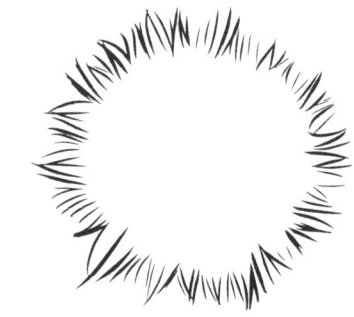

부조화 : 명사. 하다형 형용사.
'적절하거나 조화롭지 못함, 서로
어울리지 아니함. 예를 들어,
불협화음.'

또 지질학 용어로는 '이전 지층
위에 불연속적으로 퇴적된 땅,
즉 부정합'을 말한다….

빌어먹을,
믿을 수 없어!

이게 소위
의사들이 쓰는
정확한 용어라는 거야?

'어울리지 않는
커플'이라니?!

당신 생각엔 말이야…,
우리가 적절하지도 않고,
어울리지도 않는
커플인 것 같아?

지질학 얘기는
관두고!

난 당신이
좋은걸…

맞아…．
빌어먹을 의사들!

난 지금 약간 학구파로 보이는 한 삼십대 남자를 떠올리고 있다. 그는 세 가닥 새치머리에 청록색 안경을 끼고
3일 동안 깎지 않은 수염을 긁적이며 내게 이렇게 말한다.
"알다시피… 결국 뉴욕도 작은 마을이나 마찬가지예요…."

음…, 그럼 제네바를 한번 상상해봐요!

거기서 25년을 산다 해도, 친숙한 얼굴들 가운데 여전히 낯선 이들이 있다는 게 정말 의아스러울 겁니다. 아마 도시는 영원히 낯선 이들을 만들어낼 거예요….

천천히 살아 숨 쉬는 가운데 말이죠.

M.

그리고 이따금 이들 중엔 다수의 무리에 속하지 않는 사람들이 더러 있어요.

처음 만날 때부터 왠지 친숙한 느낌이 들고… 우연히 거리 한 모퉁이에서 마주친다 해도 전혀 놀랍지 않은 그런 사람들 말이에요. 음악을 들으며 문득 이들을 생각하고 있는 자신을 발견할 때, 당신은 놀랄 겁니다.

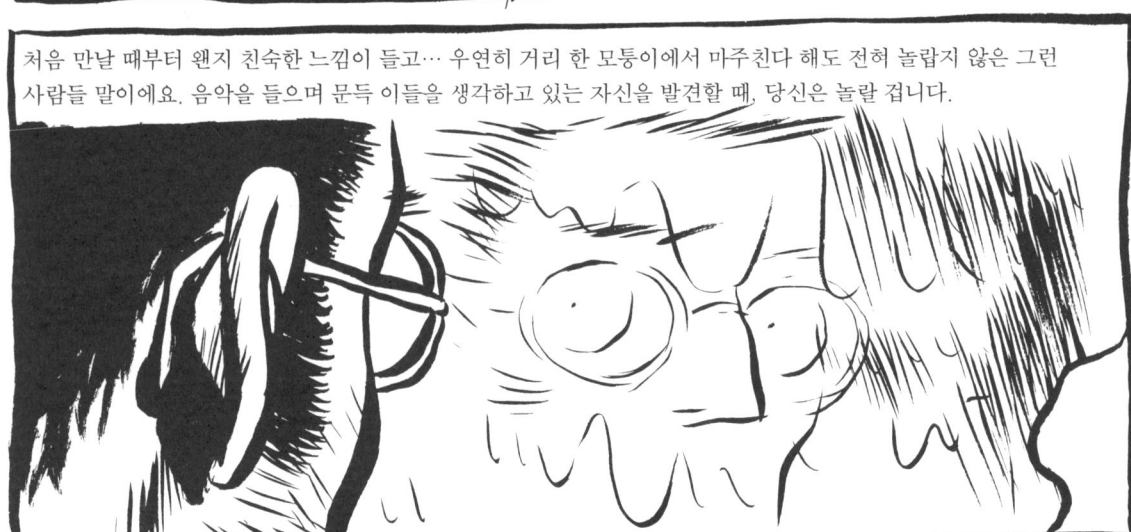

여름…. 나는 여름을 무척 좋아한다. 6, 7년 전이었다. 그 지방의 어느 부유한 동네 호숫가에 수영장을 갖춘 한 저택이 있었다. 그 집 부모들은 틀림없이 여행 중이었을 것이다. 어느 날 저녁, 제네바의 유복한 젊은이들은 그 틈을 타 자유분방한 파티에 취해 있었다. 어둠이 내렸지만 날은 여전히 무더웠다.

내가 거기서 뭘 했는지는 잘 기억나지 않는다.
아마도 어쩌다 휩쓸리게 되었을 것이다. 당시엔 자주
그랬으니까…. 그곳엔 분명 마약 중독자인 귀브가
있었을 것이다.

지나치게 박식한 알렉스도 있었을 테고…

자, 애들아!
수영이나 하러
가자!

꼭 미치광이 같은 두 여자, 카티와 기티도 있었을 것이다.
기티는 귀브의 여동생이었고 거긴 그 남매의 집이었다.

기티이이!
샴페인이야!

그때까진 전혀 특별한 게 없었다. 난 카티가 참 좋았다.
그녀는 아주 인상적이었다.

자, 가요!
물로 뛰어
들자구요!

아, 예…,
좋은 생각
이네요.

14.

두 여자는 세 걸음 만에 물속으로 뛰어들었다. 조금도 주저하지 않고…. 그리고 카티가 물 위로 떠올랐을 때였다.

그녀는 대담하게도 흰 티셔츠 안에 아무것도 입지 않고 있었는데,

이걸 보자 두 가지 생각이 떠올랐다.

고마워요.

하나는 '맨살에 젖은 티셔츠 바람으로 수영장 안에서 술을 마시는데도 당당하고 매력적으로 보이는 이 여자는 대체 어떤 부류의 여자일까?'였고,

15.

또 하나는 '이야! 가슴이 정말 끝내주는데!'였다.

얼마 후 그녀는 귀브와 함께, 기티는 알렉스와 함께 사라졌다. 그럼, 난 누구와 함께 있었을까? 잘 기억나지 않는다.
어쨌든, 엄청나게 푹신한 베이지색 가죽 소파에서 그날 밤을 보냈다는 것밖에….

당시 난 19살, 그녀는 21살이었을 것이다. 난 그녀가 내게 관심이 있는지 없는지조차 알지 못했다. 그녀와 이야기를
나누었던 건 분명하다. 말을 더듬었던 것도. 그리고 우리가 서로 닮은 사람들인지, 아니면 전혀 다른 사람들인지를
궁금해했던 기억이 난다.

궁금해 했던 기억이 난다

이날 저녁 파티는 다른 수많은 사건들에 묻혀 자연스레 잊히고 말았을 테지만, 몇 가지 이유로 내 사춘기 후반의
뚜렷한 흔적으로 남아 있다.

저어… 흠…,
여기요.

여기요….

여기요!

예?

에스프레소 한 잔 더 주시겠어요? 물도 좀 주시구요.

그 후 몇 해 동안 난 그녀를 거의 보지 못했다. 기껏해야 일 년에 한 번 정도….

짜여진 도시 생활 가운데 어쩌다 우연히 마주치는 정도였다.

두 번째 만남은, 내가 알렉스(또 다른 알렉스)의 집을 찾아갔을 때라서 분명히 기억난다. 첫 만남 이후 일 년쯤 지난 뒤였다.

그녀가 불쑥 나타났다. 지상 1.5미터 위에서.

여기서 다시 보다니 참 재미있네요.

거기 살아요?

아, 아뇨…. 알렉스 좀 보러 왔어요. 여기 6층에 살거든요.

정말 재미있네요.

한데 당신은요?

난 여기 살아요. 얼마 전에 이사 왔거든요.

수염이 멋져요!

훨씬 어른스러워 보이고.

하하… 당신은 머리를 약간 갈색으로 물들인 것 같은데….

그러니까… 어어…, 뭐랄까….

아무튼, 예쁘다구요!

그건 마치 연극의 한 장면 같았다.

히히히…

하하하…

괜찮으면 잠깐 들어와서 차나 들고 가세요.

20.

이렇게 해서 난 그녀의 집으로 들어갔고,

5분 정도 머물렀다.

뭘 드실래요?

뭐가 있죠?

아이스티 어때요?

좋아요.

난 줄곧 서 있었다.

하하하…

히히히…

돌이켜보면

그건 정말… 비누 거품 같은 것이었다.

그녀는 지난 몇 해 사이에, 결혼해서 아이 엄마가 되었다고 했다. 그리고 얼마 전 이 건물 5층으로, 그러니까 알렉스네 집 바로 아래층으로 이사 온 거라고 했다.

1999년 여름이 끝날 무렵, 난 그녀와 다시 마주치게 되었다. 당시 난 외부와 접촉을 완전히 끊고 지내던 터라, 수염은 덥수룩하고 몰골이 지저분하기 짝이 없었다.

그녀는 아들을 안고 있었다.

안녕하세요!

아!
안녕하세요!
잘 지내요?

네… 그런데
많이 피곤해
보이네요!

난 그녀의 아들을 쳐다보지 않았다. 사실, 있는지도
잘 몰랐다.

예쁘네요.
그… 금발 머리…,
당신 머리요….

아, 이거요?
좀 바꿔보고 싶어서요.

소문에 들으니, 요즘 굉장히 열심히
그린다면서요? 정말 잘됐어요.

이제 그걸로 먹고
사는 거예요?

그게 좀… 복잡한
문제라서…. 실은
그 질문을 받을 때마다
참 곤란해요.

난 속으로 말했다. '당신도 피곤해 보이는걸요.'라고.

그럼, 가볼게요.
미안하지만, 제…
제가 좀
바빠서요.

그리고 마침내 2000년 새해가 다가왔다. 사실 난 긴장을 완전히 풀고, 느긋하고 평범하게 이날을 보내고 싶었던 터라 몇 주 전부터 이날 파티를 생각하면 골치가 아팠었다. 하지만 결국 이날 밤은 저절로 기념할 만한 밤이 되어버렸다.

이런 날이면 으레 그렇듯 친구들이 잔뜩 모여 있었다. 우리는 여기저기 헤매고 돌아다니다 새벽 한 시에 다시 모이기로 했다. 밤새도록 돼지처럼 먹고 마셔보자고….

6층 알렉스네 집에서.

그러니까 내 말은, 그런 끔찍한 말을 아무렇지도 않게 할 순 없다는 거야.

어!

니가 운명을 하늘에 맡겼으면 또 모를까.

와! 굴하고 푸아그라*네!

난 취해 있었다.

궁시렁 궁시렁

음.음.

우물우물

카티는 혼자 있었다. 마치 유령처럼 남들 눈에 띄지 않게….

그녀는 내가 자주 어울리는 모임의 일원은 아니었다. 단지 아래층 사는 이웃으로 와 있을 뿐. 그녀는 이제 어떤 모임에도 끼지 않는 것 같았다.

*푸아그라-거위간 요리

25.

파티 분위기가 무르익자, 난 자연스레 그녀 곁으로 다가갔다.

끔찍했어요!

아니,
뭐가요?

우리가 마지막 만났을 때요.
당신 몰골이 말이
아니었거든요.

맞아요. 그럼 오늘 저녁엔
아주 매력적인 모습을
보여드리죠.

취했군요!

난 그 어떤 상황에서도 취할 권리가 있거든요!

그녀의 지적은 신랄했다. 그녀는 말을 좀 할 필요가 있었고, 말을 시킬 필요도 있었다.

여자친구랑 헤어진 것도 바로 그 때문이죠?

그렇죠?

그녀는 사람을 놀리는 걸 좋아했고, 난 쉽고 유쾌한 먹이였던 것이다.

네…. 아마도… 그랬을 거예요.

늘 그렇게 모든 걸 알고 있나요?

도청기를 달아놓았거든요.

그녀는 마르고 창백했다. 하지만 전보다 더 예뻐 보였다.

그런데 꼭 뗏목 위에 앉아 있는 사람처럼, 왜 여기서 혼자 이러고 있어요?

그녀는 부부 싸움 끝에 아래층에서 올라와 있었다. 그리고 이 싸움을 계기로 결혼 생활을 끝내고 말았다. 긴 여정에 종지부를 찍듯.

잠시 동안, 내 눈엔 함께 있는 이들이 보이지 않았고, 아무 소리도 들리지 않았다.

저러쿵...
이러쿵 주절 주절...
주절...
주절 이러쿵 저러쿵...
주절 주절...
이러쿵 저러쿵... 주절 주절...

저기요…,

계산 좀
해주세요.

네…, 커피
두 잔이면…

5프랑 60상팀
이에요….

안녕히 계세요.

고맙습니다.

기름칠한 기계처럼 판에 박힌 생활이 이어졌다.
완전히 리듬을 탄 기계…. 똑딱… 똑딱…. 불편한 건
전혀 없었다. 자연스런 침묵이 이어질 뿐….

얼마 후 우리는 한 카페에서 다시 만났다. 이것이
우연이었는지 아니면 의도적인 만남이었는지,
그때 그 단계에선 말하기 어렵다.

PLIC   PLIC

카페에서 나온 뒤 영화를 보았다. 아톰 에고얀*의 음산한 영화였던 것 같다.

언쟁… 도발적 발언… 암시… 똑딱똑딱…

그리고 자연스럽게, 그 모든 것은 한 순간으로 귀결되었다. 우리 집에서의 오붓한 저녁 식사로.

*아톰 에고얀-캐나다 출신의 영화감독

맛이 괜찮았나
모르겠네요.

맛있었어요.

그런데 왜
그렇게 조금밖에
안 먹었어요?

있잖아요, 난 당신이 좋아요.

하하! 나도 그래요!

안 그러면 우리가 왜 여기 이러고 있겠어요!

내 말은 그냥 우리 사이가 좋다는 거예요, 그렇죠?

편하니까요.

흠, 편한 사이라.

난 이 관계가 끝나지 않길 바래요. 이해하죠?

앞으로 계속 만났으면 좋겠다구요.

멜로디에다 셈여림표, 쉼표를 찍어가며 악보를 써내려가듯, 그녀는 이야기를 풀어나갔다. 그건 처음 듣는 곡이었지만 왠지 내 귀엔 익숙하게 들렸다.

말해봐요.

뭘요?

정말 하고 싶은 말이 뭔지…

말해 보라고요.

그 때 갑자기, 악보가 찢어져버렸다.

글쎄… 모르겠어요.

그 사실을 알고 난 후론 이런 일은 처음이라.

몹시 당황하는 작곡자.

자, 자, 진정해요. 이래 봬도 난 어엿한 성인이라구요. 어떤 얘길 들어도 화내거나 실망하지 않을 테니까 아무 염려하지 말고 말해봐요.

프레드, 난 에이즈 환자예요.

절벽에서 떨어지는 아찔함.

에이즈요?

똑… 딱…

양성이에요. 양성보균자죠.

내 아들도요.

34.

순간, 온갖 극단적인 감정들이 내 머리와 가슴속으로 마구 몰려들었다.

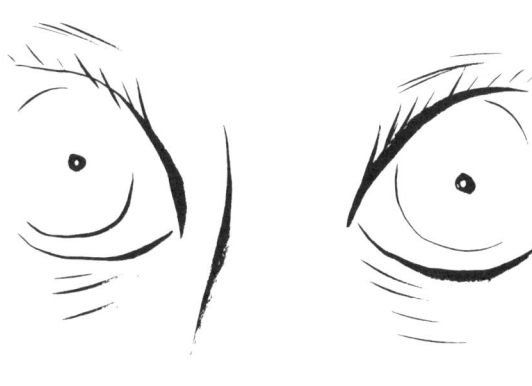

똑…

딱…

똑…

악기들은 잠시 불협화음 상태로 남아 있었지만, 곡은 재빨리 다시 이어졌다.

빌어먹을, 심장이 멎었다 다시 뛰는 줄 알았네. 아니면 새 심장으로 완전히 바뀌었거나. 휴우….

난 어려움을 뚫고 나갈 줄 아는 대범한 사내인 척 짐짓 허세를 부렸다.

이제 전… 전 가봐야겠어요. 당신도 그걸 원할 테고….

아니, 그게 무슨 소리예요?

난 그녀를 향해 등대처럼 몸을 벌떡 일으켰다. 우리 사이가 잘 될 것이라는 예감이 들었던 것이다.

그냥 여기 있어요!

오늘 밤 여기서 자고 가요.

하지만 사실 난 당황스러워 쩔쩔매는 어린애나 마찬가지였다.

어쨌든, 나한테 그런 얘길 했을 땐 당신도 뭔가 꿍꿍이속이 있었던 것 아닌가?

처음 학교에 가던 날, 교실 문 앞에 얼어붙어 있는 어린애 말이다.

여기서 자고 가라고 한 건 바로 당신이에요. 아닌가요?

그날 밤은 길고 조심스럽고 부드러웠지만 솔직히 성적으로 흥분되진 않았다.

다음 날 아침, 그녀는 일찍 떠났다.

정오가 되자, 우리 집은 사람들로 북적거렸다. 우리 집이 전체 모임 장소였던 것이다. 난 나흘 예정으로 앙굴렘에 갈 예정이었지만 이 모임 때문에 갈 수가 없었다.

야! 파스타나 만들어 먹자.

야아, 이거야 원, 넌 비열한 놈이야!

음….

알았다니까. 내버려둬, 그건 내 담당이야.

너 정말 그 여자하고 잔 거야? 응?!

그냥… 아무 말도 안 할래!

FRED. 02. 01

37.

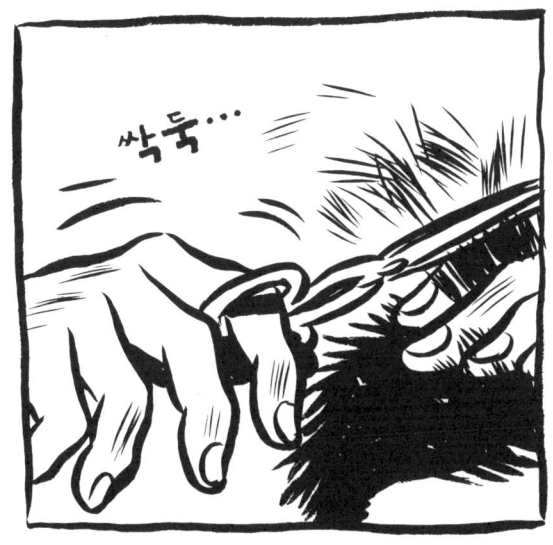

싹둑…

싹둑
싹둑

너무 짧게
자르지 마,
응?

걱정도 팔자서.

좀 전에 어머님이
전화했었어.

아, 그래?!

그러고
보니…

꽤 오래됐군.
뭐라고 하셨어?

퐁듀 얘길
하시던걸.

고갤
숙여야지.

싹둑
싹둑

음…, 맞아.
얼마 전부터
그 얘길 하셨지.

다음 금요일에
보자고 하셨어.
아이 맡길 곳은
찾을 수 있을 거야.

금요일이면
딱 좋군.

사실, 난 어머님이
참 좋아.

하하!
상냥한
분이지.

어머니도
당신을 아주
좋아할 거야.

싹둑

싹둑
싹둑

당신
부모님께는
언제 말씀드릴
건데?

왼쪽으로
숙여봐.

뭘?

정말···
이렇게
시치미
떼기야?

벌써 일 년이
지났는데, 두 분은
아직도 모르고
계시잖아.

이젠 말씀
드려야 해.

40.

들썩이지 마.

으음

글쎄…, 난 모르겠어.

그 얘기는 수도 없이 했잖아. 내 생각엔 꼭 말할 필요는 없을 것 같은데.

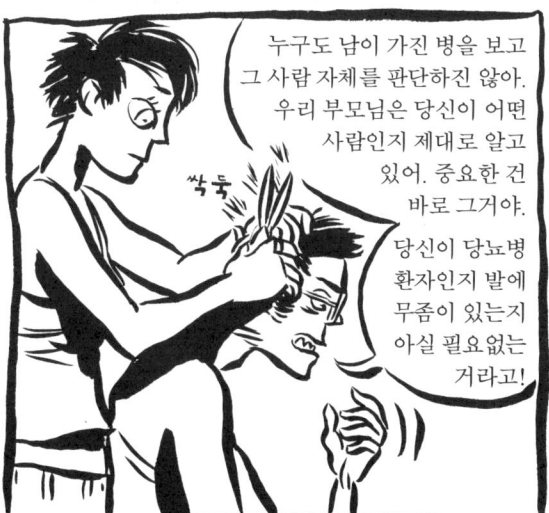

누구도 남이 가진 병을 보고 그 사람 자체를 판단하진 않아. 우리 부모님은 당신이 어떤 사람인지 제대로 알고 있어. 중요한 건 바로 그거야.

당신이 당뇨병 환자인지 발에 무좀이 있는지 아실 필요없는 거라고!

쌱둑

쳇, 또 궤변을 늘어놓는군!

아무튼, 이건 두 분에 대한 예의가 아냐.

그야 그렇지만, 그분들 세대는 달라! HIV나 에이즈 같은 걸 이해하지 못할 거란 말이야.

쌱둑 쌱둑

겁부터 내시겠지.

겁내는 건 바로 당신이야. 두 분이 노발대발할까 봐.

천만에, 그건 아냐. 결국 두 분도 이해하시겠지.

아무튼… 아버지도….

홈…. 난 믿어.

41.

나도 이 병에 관해 말하는 게 썩 유쾌하진 않아. 하지만 내가 두려워서 그러는 건 아냐.
사실 지금껏 숱한 사람들의 반응을 보면서 놀래왔으니까.

안 그래?

싹둑

그야 그렇지. 피에르는 처음에 상당히 경계했었고.

싹둑

게다가 더 나쁜 건 토니의 반응이었어. 십년지기 우정인데, 빌어먹을!

아, 참! 내 동생도 있었지!

맞아! 뭐라고 했더라? '잘못된 선택'이라고 했던가?

아니, '잘못된 계산'이라고 했어! 당신은 이게 이해가 돼?

싹둑 싹둑

사랑마저도 계산기로 두드리려고 하다니!

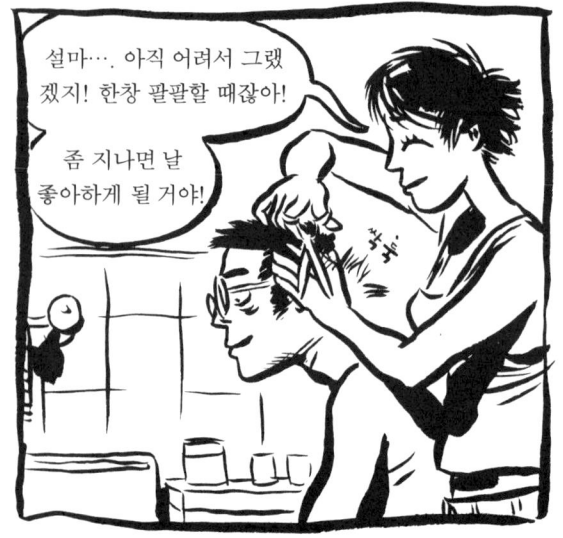

설마…. 아직 어려서 그랬겠지! 한창 팔팔할 때잖아!

좀 지나면 날 좋아하게 될 거야!

싹둑

그래….

반응은 두 가지인 것 같아. 하나는 우호적인 반응으로 이해하고 격려해주는 쪽이고, 또 하나는 가장 흔한 반응이지. 이해하는 척하면서 경계하는 쪽.

하하,
그럴 듯 하네!

어쨌거나 그들도
언젠간 알게 될
거야. 그러면…

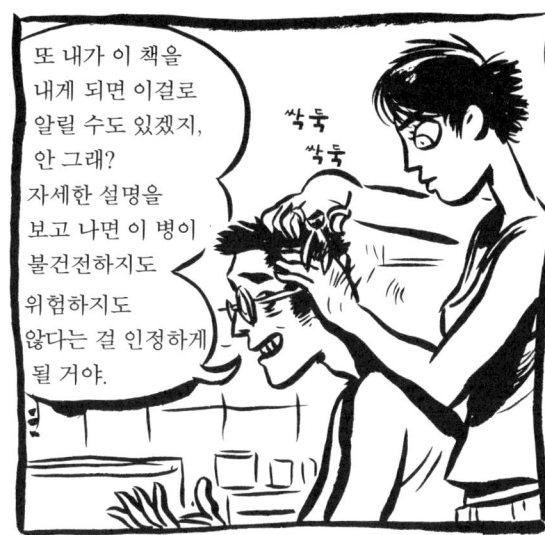

또 내가 이 책을
내게 되면 이걸로
알릴 수도 있겠지,
안 그래?
자세한 설명을
보고 나면 이 병이
불건전하지도
위험하지도
않다는 걸 인정하게
될 거야.

싹둑
싹둑

피이, 그건 좀
비겁하고 음흉한
방법인 것
같은데.

싹둑

들썩이지 말라니까!
그러다 정말
큰코다쳐!

음….

프레드,
상대는 당신
어머니야.

당신은 줄곧 사랑받는
아들이었으니까
어머니께 거짓말 같은 건
절대 못할걸!

하하
하하하하
하하

거봐,
내가
뭐랬어!
하하하…

아아…

아픈 사람한테
미안한 얘기지만,
처음 어머님에 대해
싫은 소리를 했더니
당신은 나한테 홍합
접시를 뒤엎
었잖아.

어머니를 욕할
때마다 매번 봉변을
당해야 하는 거야,
아니면…?

엄마아아아!

왜 그래?
우리 귀염둥이?

나, 여기 우유가
없쪄!

아으으…,
잠깐만!

머리카락 밟으면
안 돼! 제기랄!

그냥 거기서
'주세요.' 해!

두때요!

FRED 02. 01   45.

2월 12일 월요일 밤 9시 3분.

지금 난 카티와 아이를 보려고 소아과에 와 있다. 사실 난 병원을 좋아하지 않는다.

내 인생의 진정한 기억, 다시 말해 아득하고 희미한 눈길로 뒤를 돌아볼 때 불쑥 솟아나는 첫 번째 기억, 그것은 병원과 관련되어 있다.

네 살 때 탈장 수술을 했었다. 내가 기억하는 건, 주사를 놓으려고 날 붙들던 여섯 개의 손과 의식이 깨어나자마자 날 어디론가 데려갔던 작고 무시무시한 금빛 차량이다.

48.

오늘로 카티의 아이는 네 살이 되었다. 구소련 시절에 지어졌을 이 건물 복도엔 오래된 포르말린 냄새가 배어 있고, 커튼은 지저분한 오렌지색이다. 간호사들은 못생겼지만 친절하다.

카티와 아이는 오후 여섯 시에 여기 도착했다. 두 사람은 이 병실에서 오늘 밤을 보내고, 내일 오후 여섯 시쯤 다시 떠난다.

다행히 심각한 문제가 있는 건 아니다. 다만 '젖병 충치'가 심해서 아이는 이 수술을 받아야 한다. 내일 아침, 완전마취 상태에서.

첫날부터 카티는 이런 상황에 감탄스러울 정도로 잘 대처해왔다. 그럼에도 불구하고 그녀의 마음이 편치만은 않다는 걸 난 알고 있다. 그녀는 분명 아들의 HIV를 두고 으레 쏟아지는 숱한 질문들에 대답해야 했을 것이다.

병실 침대에 누워 있는 아이의 모습을 보자 왠지 묘한 기분이 든다. 난 이 아이가 평생 병원을 들락거릴 수밖에 없을 거라는 생각을 떨쳐버릴 수가 없다. 지금껏 잠재된 병을 안고 살아왔고 또 마지막 날까지 그렇게 되리라는 걸….

어떤 사람들의 인생에서는 삶의 소유권이 낯선 의사들의 손에 너무 쉽게 양도되어 버린다. 이 사실은 아무리 생각해도 놀라울 따름이다. 단지 과학적 지식을 합법적으로 인정받았다는 이유만으로 이들을 신뢰해야 한다니….

어쨌든 아이는 오래전부터 이 모든 환경에 익숙해져 있는 것 같다.

「아기 코끼리 덤보」를 보면서 맛있는 걸 먹고 있는 녀석은 아주 편해 보인다.

화장실 좀 다녀올게.

곧 올 거야.

마아아아!

간다!

그래, 괜찮아! 엄마 곧 올 거야.

근데 아찌도 여기서 코 잘 거야?

아냐, 난 너 먹을 것 가져다주러 왔어. 이따 엄마한테 뽀뽀 많이 해준 다음에 집에 갈 거야.

음음....

!!!!!

아찌도 봤어?

왜… 왜 코끼리들은
저렇게 생쥐를
무서워해?

난 아이들의 짧고 단순한 질문들을 아주 좋아한다.
싸구려 교훈 조의 긴 대답을 해줄 수 있기 때문이다.

그건 말이지, 생쥐가
너무 작아서 그래.
사람들은 가끔 너무 작거나
안 보이는 것들을 두려워해.
이것들이 꼭 자기를 해칠
것처럼 느껴지거든.
알겠니?

아이는 눈썹을 찌푸리고… 드르르 드르르…
머릿속에서 하드디스크가 돌기 시작한다.

녀석과 내가 처음 대면한 건 약 일 년 전이었다. 그때도 모든 게 바로 이런 단순한 질문으로 시작되었다.

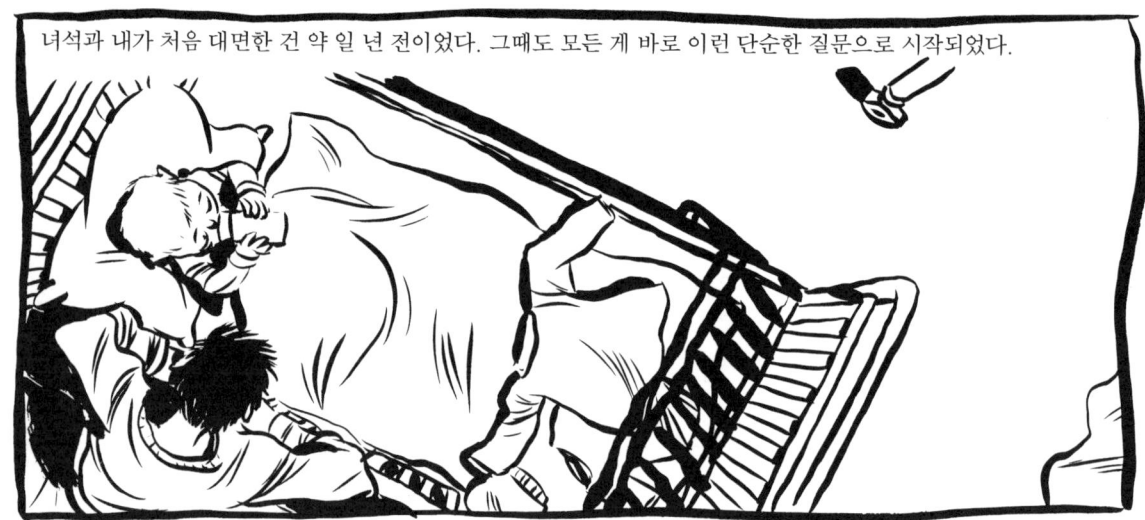

카티는 살 집을 찾다가 비어있는 친구 집에 묵고 있었고, 난 거기서 저녁 식사로 볼로냐 스파게티를 만들고 있었다.

그때까지는 난 결코 아이들에게 다정다감한 편이 아니었다.

아이들을 대할 때도 꼭 어른들을 대하듯, 그 아이의 매력이나 성격에 따라 대하곤 했으니까.

이러니 아이들이 대부분 귀찮거나, 짜증스럽게만 느껴질 밖에.

그리고는 녀석이 나타났다. 외계인처럼 작은 머리에다 병든 몸으로. 난 녀석이 거실에서 자고 있다고 생각했었다.

울쩍…

55.

안녕!

세 번째 유형의 만남.

우 울쩍…

어디 아픈가
보구나, 그렇지?

울쩍

아찌 이름은
뭐야?

프레데릭.
프레데릭이야.

근데 이건
뭐야?

59.

자···
여기···

먹어봐!

어서!

엄마아아!

난 소금이
싫어어어!

분명하진 않지만, 아이하고 있을 때도 그 애 엄마하고
있을 때와 똑같았다. 똑··· 딱···

우리 귀염둥이,
이리 와, 엄마가
안아줄게!

그래서 일이 잘 풀릴 거라고 일찌감치 예감했다. 하지만 그땐 이 상황이 어떤 식으로 전개될지 알 수 없었다.

모르긴 지금도 마찬가지지만.

안녕….

휴우! 너무 지쳤어.

나도 그래.

집에 가고 싶지?

그럼, 가도 돼.

좋아. 그럼 녀석이 잠들 때까지만 있을게.

야, 멋진걸.

병원인데, 괜찮겠어? 너무 음산하지 않아?

음…, 이상하게 괜찮아.

내 기억에 병원은 늘 분주하고 시끌벅적했어. 고통스런 비명 소리와 도움을 요청하는 소리가 끊이질 않았거든.

하지만 여긴 아주 고요한걸.

기분도 아주 좋고.

우리 귀염둥이, 이제 약 먹어야지.

싫어어어!

사실 난 녀석에게 끌려다니고 있다는 생각이 든다.

「덤보」 끝나면 먹는 거야, 알았지?

응….

난 혹시라도 아이가 거리감을 느낄까 봐, 우리 사이의 주도권을 아이가 쥐도록 내버려두었다. 그런데 사실 우리 관계는 그때그때 상황에 따라, 혹은 관계 자체의 힘으로도 차츰 나아지고 있었다.

지금 이 봄날 오후처럼, 그 때도 카티의 아파트는 사람들로 북적거렸다.

아이에겐 다들 낯선 사람들로.

처음으로 녀석이 내게 다가와 바싹 달라붙었다.

아무 스스럼없이.

마침내 녀석이 날 자기를 사랑해주는 어른으로 받아들였던 것이다.

참으로 감동적이었고, 별것 아니지만 동시에 무거운 책임이 느껴졌다.

요 전날, 난 아이가 이 상황을 혼란스러워 할 수도 있을 거라는 사실을 깨닫게 되었다.

딸깍
딸깍

아이가 자기 아빠 집에서 처음으로 하루를 보내고 온 날이었다.

녀석은 저녁에 카티의 집으로 돌아왔다.

어서 와라!

녀석은 날 완전히 무시거나…

스스스…

경멸스런 눈빛으로 처다볼 수도 있었다.

잘 있었어?

이거 꿈이야? 저기 봐, 녀석이 날 째려보는데?

프스스스… 슈우우웅…

아하! 우리가 너무 빨리 껴안았나 봐.

또 내가 처음으로 격분했던 때가 생각난다.

자, 어서! 아주 조금이라도 먹어야지!

싫어어!

녀석이 안 먹겠다고 고집을 피우는 바람에 카티도 화가 머리끝까지 났었다.

난 텔레비전 보고 싶어!

좋아, 계속 이럴 거면 자러 가. 텔레비전은 갖다 버릴 테니까!

페에… 먹기 싫어! 난 이런 것 싫단 말이야!

쨍그랑

으이그… 이게 무슨 짓이야! 어휴!

엄만 지금 너무 피곤해. 자꾸 이러면 정말 화낼 거야!

싫어!

녀석이 카티를 막 칠 것처럼 대들자 난 자리에서 벌떡 일어났다.

이 녀석, 이게 무슨 짓이야?

그리고 내 자신이 어떻게 대처하는지를 보았다.

그럼 못쓰는 거야! 너 도저히 안 되겠다!

어서 침대로 가자!

아아아앙!

사람을 때리는 건 안 돼, 알았어?

그건 나쁜 짓이야!

엄마한테 그러는 건 더 나빠!

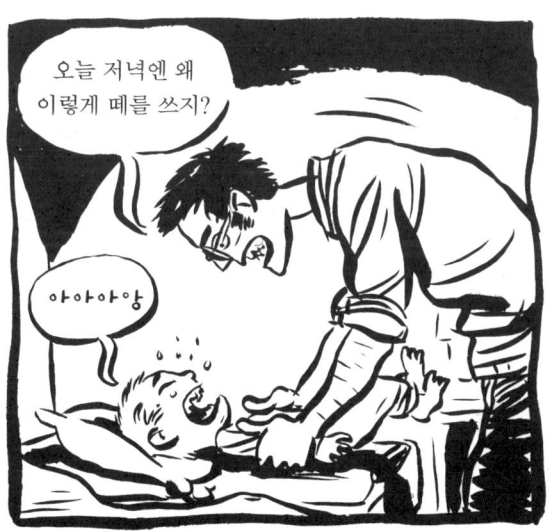

오늘 저녁엔 왜 이렇게 떼를 쓰지?

아아아아앙

엄마는 너한테 아주 친절하잖아. 너도 착하게 굴어야 이 방에서 나올 수 있어! 알았지?

67.

난 두려운 마음으로 주방으로 돌아왔다.

내, 내가 너무 심했지, 그렇지?

모르겠어. 그런 것 같진 않은데.

잠시 후

녀석이 아주 얌전한 모습으로 다시 나타났다.

훌쩍

카티와 난 이 사건을 두고 오랫동안 깊이 생각했다. 이런 일은 이따금 똑같은 방식으로 재발하곤 했다. 내 생각엔 녀석이 이 집의 대장이 누구인지를 시험하려고 그러는 것 같다. 사실 그 대장 자리는 내 것이지만 그건 자기가 나에게 양보했다는 것을, 스스로에게나 내게 보여주기 위해서 말이다.

그 외에 우리는 아이에게 내 존재를 어떻게 생각해야 하는지 여러 번 되풀이해서 설명해주었다.

그렇게 화내면 안 되는 거야, 알았지!

엄마는 프레드 아저씨를 좋아해. 아저씬 엄마가 사랑하는 사람이야. 그래서 한 침대에서 자는 거야, 알았어?

근데, 아저씬 너하고는 달라. 넌 엄마 아들이야. 엄마가 세상에서 제일 사랑하는 사람이란 말이야. 아저씬 절대 네 자리나 아빠 자리를 뺏지 않을 거야!

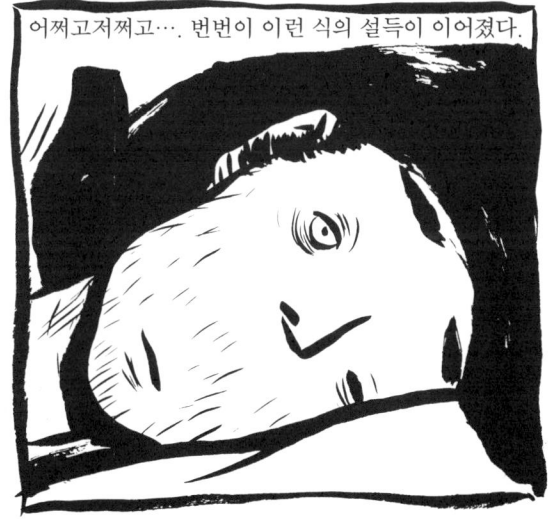

어쩌고저쩌고…. 번번이 이런 식의 설득이 이어졌다.

아이가 불안한 기색이 보일 때마다 매번….

이 문제를 놓고 카티와 난 다시금 언성을 높여가며 지루한 논쟁을 벌이곤 했다.

아, 됐어!

나도 알아!

대체 뭐가 문제야? 그래, 난 그 애 아빠가 아냐!

하지만 그게 그렇게 중요해?

분명한 건, 이 자리가 내 것이 아니라는 거야! 그 애한테는 아빠가 있어!

이 사실을 당신이 바꿀 순 없어. 그들에게도 그럴 권리가 있으니까!

알아, 안다고….

그래도 그런 소릴 듣고 싶진 않아!

옛날 내 실수들을 끄집어내는 건 정말 싫단 말이야!

그러지 않아도… 난…

내가 너무 밉단 말이야!

카티, 당신이 이해 해야 돼…. 늘 쉽진 않다는 걸.

내가 당신에 관해 잘 모르고 있으면, 뭘 해선 안 되는지를 말해줘!

70.

아이에게 아빠 자리는 남겨 두고!

카티는 아직도 자신의 과거를 바라볼 때마다 몹시 괴로워한다. 이 모습을 지켜보는 내 심정도 괴로울 따름이다.

어찌됐건 아이 아빠는 그녀가 영원히 풀 수 없는 닻줄이나 마찬가지다. 공식적으로 이혼을 선언했다 하더라도….

지금은 다 잘 되어가는 것 같다. 아이와 나는, 가끔 언짢을 때도 있지만 비교적 안정적인 유대감을 형성하고 있다.

시간이 약이라는 말처럼 날이 갈수록 우리는 편안해져가고 있다.

자, 이제 얼른 약 먹자.

그리고 코 자야지!

나는 한편 감탄과 애정이 불쑥불쑥 솟구치기도 하고…

한편으론 "상관 마, 아찌는 우리 아빠가 아니잖아!"
라는 말이 나올까봐 두렵기도 하다.

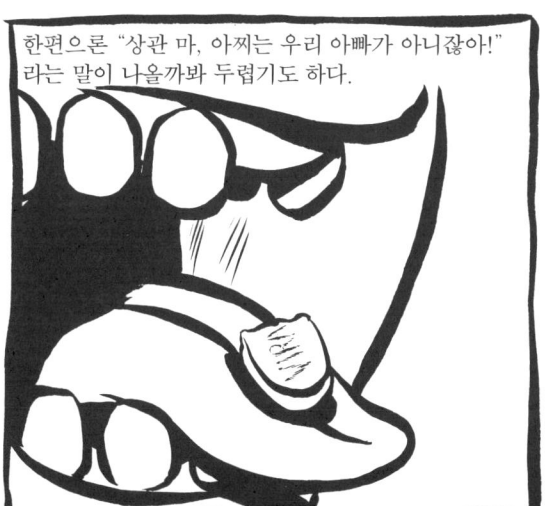

자, 떼쓰면
안 돼!

아사삭...

하지만 난 이 역할에 어느 정도 자신감을 얻었고,
이따금 위대한 남성의 반열에 오르기라도 한 듯
우쭐해지기도 한다.

극소수에 불과한 이들의 반열에.

또 있어?

응, 두 개
더 남았어!

지금과 같은 상황이라면, 우리에게 진짜 고통이
될 수 있는 건 오직 하나…

73.

아이의 죽음뿐이다.

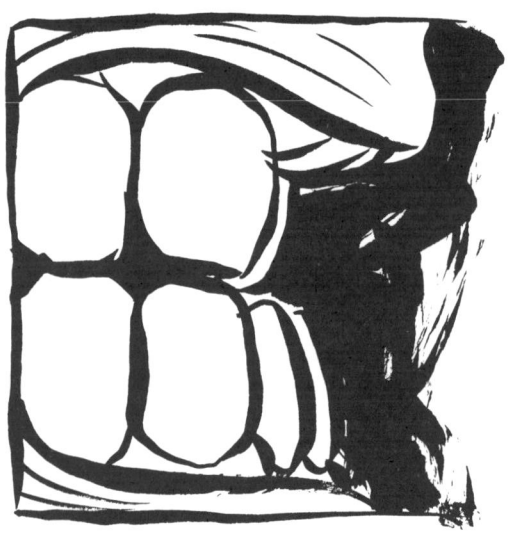

어느 날 카티가 말했다. 자기 인생에서 최악의
순간은 아들이 에이즈 보균자라는 사실을 알았을
때와…

아이가 에이즈 치료를 시작해야 했던 순간이라고.

얼마 전부터, 카티와 아이는 치료를 받고 있다.
바이러스의 진행 상황과 건강 상태를 측정하기 위해
세 달마다 채혈을 하고 있다. 그 정도면 혹시 상황이
악화되더라도 충분히 대처할 수 있기 때문이다.

아이는 늘 허약하고 다양한 질병의 위험에 노출되어
있었다. 그러던 2000년 봄, 갑자기 상황이 긴박해
졌다. 검사 결과 바이러스가 되살아나 급격히 증식
하기 시작했다는 진단이 내려졌던 것이다.

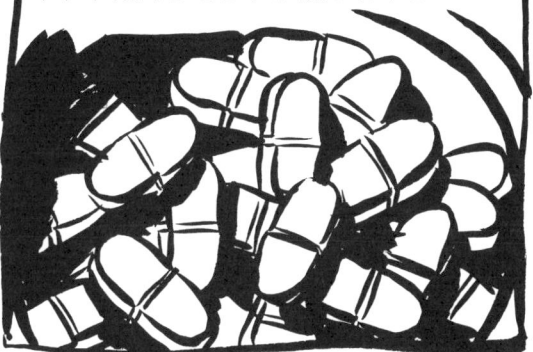

어쩔 수 없이 중증 치료를 시작하기로 했다. 하지만
카티는 심신이 지칠 대로 지쳐 절망에 빠지고 말았다.

무엇보다, 이 사건은 그녀를 깊은 죄책감의 수렁으로
몰아넣었다. 그녀는 아들의 감염을 전적으로 자신의
책임으로 보았고, 따라서 자신이 아들보다 먼저
병에 걸려야 한다고 생각했다. 즉, 자신이 아들보다
먼저 죽어야 한다고 생각했던 것이다.

다음 문제는, 어른들도 견디기 힘든 험난한 치료를
세 살짜리 어린아이에게 적용했을 때, 수년 혹은
수십 년에 걸쳐 어떤 형태의 부작용들이 나타나게
될지 전혀 예측할 수 없다는 사실이었다.

획기적인 치료제가 발견되지 않는 한, 아이는
엄마의 관리 아래, 이를 테면 약물 중독 상태에서
죽는 날까지 목숨을 이어가게 될 것이다. 여기엔
오직 눈물과 의문만 있을 뿐, 다른 선택은 존재하지
않는다.

치료는 2000년 8월로 예정되어 있었다. 첫 번째 치료가 가능한 자연스러운 분위기 속에서 이루어지도록, 우리는 나르본 근처의 비나상으로 일주일간 여행을 떠나기로 했다. 카티의 부모님이 살고 계신 곳으로.

태양, 바다, 휴식, 맛있는 요리….

평온함….

아아, 편하다.
그치?

아아…
편해….

이게 다 뭐야?

달팽이들이야.

달팽이들이
죽은 거야?

아니, 죽은 게
아냐! 천천히 가고
있는 거지.

일은 순조롭게 풀려가고 있었다.

하지만 카티가 크리스마스 진열대 뒤에서 일말의
혼란스러움을 감추고 있음을 난 느꼈다.

그녀는 그 주 중간쯤 저녁식사를 마친 뒤 결심을 굳힌 것 같았다.

이 즈음, 카티는 요구르트에다 가루약(일종의 설탕분)을 넣어 시럽처럼 만든 다음, 이걸 두 개로 나눠 아이에게 아침저녁으로 먹여야 했다.

시럽은 술술 잘 넘어갔다. 하지만 가루를 섞은 요구르트는 오래된 시멘트처럼 역한 냄새를 풍겼다.

이게 뭐야?

이건 가루야. 그러니까 마술 가루 같은 거지.

좋은 거야?

자, 아 해봐.

페에! 맛도 없잖아!

엄마도 알아, 하지만 먹어야 돼. 안 먹으면 큰일 나.

왜?

어어…
그건 말이지,
네 피 때문이야. 네 피
속에 나쁜 것들이 있거든.
그러니까 이 가루는
널 지켜주는 작은
병사들이나 마찬가지야,
알았어?

카티의 설득에도 불구하고, 이 전쟁은 아침저녁으로
끊임없이 반복되었다.

알아, 그치만
맛이 없어!

아마 그 때 카티의 머릿속에선 가장 힘든 전투가
벌어지고 있었을 것이다.

자,
어서…

잠들었어…?

응….

보다시피,
참 힘드네.

알아…,
다 지켜보고
있잖아!

그래! 기계가
돌아가긴 하지. 어쩌면
영원히…. 하지만

고장 난
기계인걸!

아이와 난 항변할 자격도, 관심을 꺼달라고 요구할 자격도 없어.

아이에겐 정말 끔찍한 일이지, 안 그래?

과장이 지나치군. 아이는 좋아 보이는데, 뭐!

음, 당분간은…. 하지만 다시 나빠지면? 그래서 성장에 방해가 되면? 게다가 병이 더 악화되면?

말도 안 돼!

말도 안 돼. 그런 생각은 하지도 마.

지금 우리가 할 일은 행복해지는 것, 또 아이를 행복하게 해주는 것뿐이야!

좋아!

뭐가?

누군가를 사랑할 때, 난 결코 상대를 보고 진심으로 감탄해본 적이 없었다.

그 말에 동감이라고.

노력해볼게!

난 지금 매혹이나 존경에 관해 말하는 게 아니라, 이런 존경을 불러일으키는 감탄에 대해 말하고 있다.

입은 삐죽 내밀고 고개를 갸우뚱거리며 나 자신은 할 수 없다는 걸 알았던 그 대단한 일을, 누군가 해냈을 때처럼 말이다.

그럼, 됐어!

이 감탄은 기쁨과 함께 기꺼이 상대를 도와주고 싶은 마음이 일게 한다.

마침내, 난 신발 속의 모래알처럼 귀찮게 따라다니던 일말의 동정심마저 말끔히 제거해버렸다.

85.

그 후, 고약한 가루약은 보다 효율적인 알약으로 대체되었다. 8개월 후, 바이러스는 완전히 제거되었고 부작용도 설사 이외에 다른 증상은 나타나지 않았다.

알약과 시럽은 식사 때마다 매번 같은 방법으로 주어졌고, 이제 이 모든 건 아이에게 삶의 일부가 되었다.

예상대로 아이는 얼굴을 찌푸렸지만, 그래도 잘 받아 들였다. 녀석은 이것이 멈추지 않으리라는 걸 알고 있는 것 같다. 아니면 아예 묻지 않기로 작정했거나.

괜찮아?

뭐?

그럼,
괜찮지.

담배나 한 대
피웠으면
좋겠는걸.

그럼, 어서
집으로 가!

난 너무 피곤해서
꼬꾸라질 것 같아.

저기…

하고 싶은 말이
있는데 말이야.

당신은 지금 잘 하고 있어.

아주 훌륭하게 잘 해내고 있다고.

모든 게 다 잘 되겠지?

하하하, 그럼…. 조금도 걱정할 것 없어!

난 이제 한계에 도달한 것 같아….

거의….

그럼 어서 자,

이 틈에라도 ….

연락해….

내일 다시
올게.

잘 있어….
잘 자….

이따금 난 궁금해지곤 한다. 아이의 인생이 어떤 모습일지…, 사춘기는 어떨지….

대인관계에서 자신이 다른 사람들과 다르다는 걸 아이가 어떻게 받아들일지….

아이의 사랑과 성생활은 어떨지…

삶의 기쁨과 원대한 꿈은 갖게 될지…, 그리고 또….

쯧쯧…. 운명이란 말을 누구보다 싫어하는 내가 또 미래를 궁금해하다니 나도 이제 정말 지쳤나 보다.

현재를, 나 자신을 그리고 두 사람을 생각하자.

FRED 02-03.01 90.

왜 날
좋아하는 거야?

횡단보도를 건널 때, 당신이 온 거리를 사랑하는 것처럼 보이니까. 아침에 일어나 따뜻한 크루아상 냄새를 맡는 모습도 보기 좋고…

이게 다야.

푸후웃…

하하하! 대체 어디서 그런 생각이 나오지?

뭐라고! 지금 날 놀리는 거야?!

아, 아냐… 그냥… 너무 근사해서!

그러지 말고 진지하게 말해봐, 왜 날 좋아하는지.

좋아, 근데 당신 질문도 황당하긴 마찬가지야!

왜 사랑하냐고? 우리가 무슨 '작은 아씨들'의 주인공쯤 되는 줄 알아?

이런! 우리 얼음 장군이 본격적으로 싸워볼 기세로군!

그럼 내 곁에 있는 이유가 뭐야? 대답해봐.

푸후훗…

어서! 솔직히 말해보라니까! 우리 둘밖에 없잖아!

좋아…. 당신 옆에 있으면 기분이 좋기 때문이지.

94.

또?

또?

어어….

날 웃게 만드니까….

항상 날 존중해주고 기분 상하게 하지도 않고….

또 날 흥분시키고… 현명하고… 정직하고….

게다가 당신 눈과 엉덩이도 맘에 들고, 당신 턱과 목덜미, 살결, 배, 거친 손, 내리깐 속눈썹…, 이런 걸 만지는 것도 좋기 때문이지.

무엇보다 당신은 내가 장난삼아 관계하지 않은 유일한 여자야. 섹시하기도 하고 강하면서도 약한 여자지.

95.

아아,
그렇군.

그럼
내 발은?

당신 발?

음…,
그것도
좋아.

그럼
아이를 갖게
해줄 거야?

저, 실례합니다. 지금 몇 시쯤 됐습니까?

저기요, 시간 좀….

11시 25분 이에요.

네.

꼬르륵

이 병원은 구시가 한가운데, 18세기 건물의 한 층 전체를 쓰고 있는데, 모든 게 터무니없이 호화로워 보인다.

각 방마다 대리석으로 장식된 벽난로가 있고, 전망이 확 트여 도시의 가장 아름다운 모습을 볼 수 있다.

가족들을 모조리 음울하고 좁아터진 아파트 속으로 몰아넣은 도시의 모습을.

이런, 또 쓸데없는 생각이로군.

101.

내가 왜 줄곧 의사들을 불신해왔는지, 그건 잘 모르겠다. 물론 내가 게으르고 불쾌한 의사들 한두 명을 봐왔던 건 사실이다. 그렇다고 그게 이유가 될 순 없다. 내가 보기에 이건 권력의 문제인 것 같다.

의사들과의 관계에서 사람들은 종종 이들의 처분을 바라고 기다리는 입장에 놓이게 된다. 의사들이 특권을 누리는 이유는 아마도 우리가 생명의 일부를 이들의 손에 맡기기 때문일 것이다. 또한 이들이 우리 스스로는 접근할 수 없는 각도에서 우리를 살펴볼 수 있는 유리한 위치에 있기 때문일 것이다.

어떤 의사들은 짐짓 초연한 척 오만하기 일쑤이고, 또 어떤 의사들은 위선이나 다름없는 지나친 배려로 자신을 위장하기도 한다.

짐머만 부인…

어이구…

이 병원 의사는 내게 몹시 친절하다. 쓸데없이 근엄하지도 않고 유머도 있다. 한마디로 아주 인간적인 의사인 것 같다. 카티와 난 그에게 많은 걸 빚지고 있다.

우리의 삶이 서로 엮어지는 순간, 카티는 앞으로 자신의 성생활이 별 볼일 없을 거라고 생각했다.

그녀 입장에선 그럴 수밖에 없었을 것이다. 왜냐하면 에이즈 바이러스가 자신을 불결하고 위험한 존재로 만들어, 자신이 누릴 최소한의 성관계나 성욕마저 망쳐놓을 거라고 여겼기 때문이다.

한편, 나는 다소 모호한 과도기를 지나고 있었다. 그때 난 성관계를 잠시 접어둔 채, 우선 몸을 사려야 한다고 생각하고 있었다.

그런데도 우린 서로에게 미친 듯 끌리는 감정을 외면할 수 없었다. 시작은 아주 부드럽고 조심스러웠다.

카티의 소심하고 어정쩡한 태도 때문에 나는 사랑을 나눌 때마다 확실한 주도적 입장에 놓이게 되었다. 그녀는 내게 남성으로서 절대권을 행사하게 했는데, 그전까지는 이걸 뚜렷이 느껴본 적이 없었다.

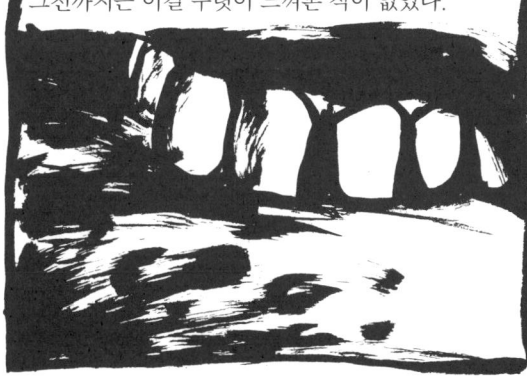

이 관계는 빨리 자리를 잡았다. 그녀의 여성성을 일깨우는데 꼭 필요한, 가장 이상적인 방법이 됐다.

그리고 내겐 자신감을 되찾게 해주었다.

가장 기본적인 본능의 차원에서, 우리는 예감하고 있었던 것 같다. 머지않아 곧 서로를 이해하고 기쁨을 만끽하게 되리라는 걸. 잠시 우리 관계를 성적인 것으로만 생각했을 정도로.

105.

이렇게 해서 내 머릿속엔 짙은 안개에 둘러싸인 거대한 어둠 지대만 남게 되었다. 다시 말해, 이제 우리 사이에 남은 건…

감염뿐이었다.

우리가 확실히 믿을 수 있는 건 오직 한 가지였고,

부인!

그리고 선생!

당신들에게…

종신 콘돔 형을 선고하겠소!

그 이외의 것들은 우리가 지금껏 받아온 교육과 몇몇
책자들을 근거로 판단해야 했다.

예,
하지만…

어어…
키스는요?

사실 이러한 질문들은 또 다른 의심과 기본적인
질문들을 다시 불러일으켰다.

오럴 섹스는
어때요?

이건
어떨까?

그럼
저건?

우리는 마치 환자용 구속복을 입고 사랑을 나누듯, 깊이 생각해가며 더듬거리다…

우연히 뜻하지 않게 최선의 방법을 찾게 되었다.

마치 정통으로 따귀를 한 대 얻어맞은 것처럼…

제에기랄!

세 번째 관계 때, 콘돔이 터져버렸다.

뭐,
뭐라고?!

설마!

빌어먹을!

빌어먹을,
하필이면!

빌어먹을!

빌어먹을!

뭘… 뭘 어떡해야
되지?

나, 난 모르겠어…
우선…
가서 씻어!
그걸 씻으라고!
빨리!

알았어,
하지만…

어서!
난 의사한테 전화를
해야겠어!

이 자정에?

예견된 일이었어. 아니, 그건 아니지만…,

핸드폰 번호를 분명히 적어뒀는데….

바로 그 순간, 난 허공에 붕 뜬 기분이었다.

꼭 저질 영화에 빠져든 조숙한 소녀가 된 것만 같았다. 그리고 이 심리극에서 ─ 아니 로맨틱 코미디인가? ─ 과연 주인공들에게 어떤 일이 벌어질지 무척 궁금했다.

저기…, 내일 오후 한 시에 진료실로 가기로 했어. 그 전에는 안 된대.

무슨 생각해?

어어…
그냥…

죽음에
대해.

이때가 내 인생에서 가장 끔찍했던 시간이었다.

당신은 죽지 않아.
난 알아.

어떻게?

이건 당신 몫이
아니거든. 당신 인생은
상관없단 말이야!

잘 모르겠어.
무모한 대답이지만.
당신이 죽지 않는
다는 건 알아.

난 속으로 생각했다. 어떤 판결이 나오든 지금 우리
에게 닥친 이 고비를 잘 넘긴다면, 머지않아 남들처럼
집도 사고 개도 키우며 살 수 있을 거라고.

당신마저 감염된다면, 난 정말
죄책감에서 헤어날 수 없을
거야.

난 당신의 행복을 바랄 뿐이야.

난 당신한테 행복이 되고 싶지 위험이 되고 싶진 않아. 그럴 순 없어. 정말이지, 그래선 안 될 거야.

쉬잇...

됐어, 난 괜찮아.

그건 거짓말이었다. 사실 분별력까지 잃진 않았지만 난 깊은 불안에 휩싸여 있었다. 돌이켜보면 더 깊은 나락으로 떨어지지 않았던 게 놀라울 따름이다.

카티, 난 당신을 믿어.

우린 오랫동안 얘기를 나누었다. 서로 거짓말을 하기도 하고 상대를 위로하기도 하면서. 그리고 난 잠이 들었다. 하지만 그녀는 아니었다.

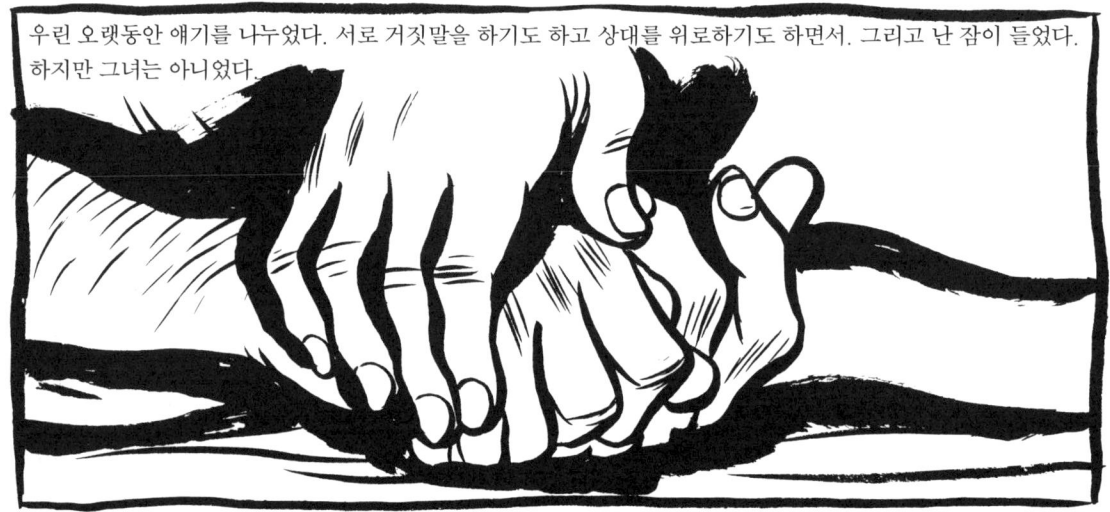

다음 날 아침, 내 앞에 놓여 있는 건 길고 어두컴컴한 복도와 기다림뿐이었다. 이 복도를 따라 R박사의 진료실로 가야만 했다.

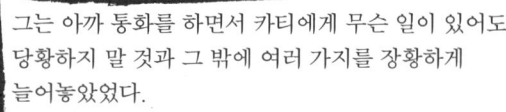
그는 아까 통화를 하면서 카티에게 무슨 일이 있어도 당황하지 말 것과 그 밖에 여러 가지를 장황하게 늘어놓았었다.

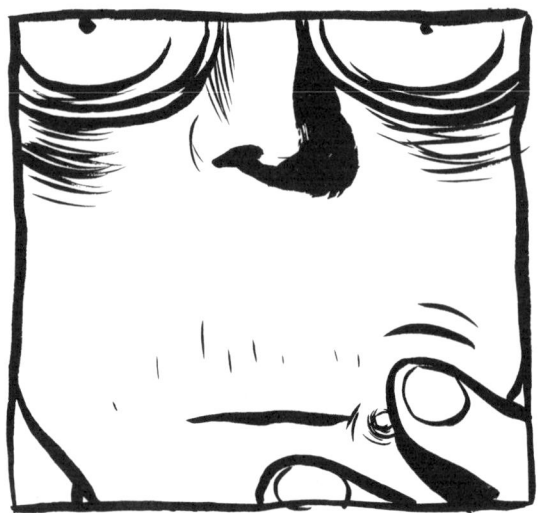

진료실에 들어가기 직전, 그가 어떤 눈으로 날 쳐다볼지 가슴이 두근거렸다.

그의 눈길은 평온하고 느긋했다.

어서 오세요, 페테르스 씨.

많이 걱정 하셨죠?

하하….

딸깍.

네…, 그게…

당연히….

흐음….

페테르스 씨? 지금 하시는 일이 뭐죠?

예, 만화요. 만화를 그리고 있어요.

뭐 이런저런 이야기들이죠.

굴쩍 굴쩍…

만화라…, 어허…. 참 좋은 일을 하시네요.

저도 만화를 아주 좋아하거 든요.

그럼 부인께선?

림프절은 좀 어때요?

아이는요?

괜찮아요. 그런데… 저기…

아, 알아요. 본론으로 들어가죠!

그러니까 콘돔이 살짝 찢어졌다, 이 말이죠?

무엇보다, 이처럼 콘돔이 찢어진 건 99 퍼센트가 취급상의 실수 때문이라는 걸 말씀드리고 싶군요.

그러니 앞으로는 사용법을 잘 지키 도록 하세요.

윤활제는 좋은 걸 쓰고 있나요?

네, 앞으로는 주의 하겠습니다.

그런데, 저기… 제가 지금 당장 걱정스럽고 궁금한 점은 말이죠….

말해보세요. 혹시 성기에 상처라도 있나요?

종종 살펴보긴 하세요?

어어…, 그게… 네.

상처요?

그렇다면 통증이 있었겠죠.

아! 그건 모르는 거예요! 가벼운 염증이라면 의식하지 못할 수도 있으니까요.

괜찮다면, 제가 한번 봤으면 좋겠는데….

좋습니다!

봐주세요!

어디 보자. 괜찮네요!

깨끗해요!

무엇보다 제가 두 분께 말씀드리고 싶은 건, HIV는 감기처럼 마구 전염되지 않는다는 겁니다. 아시다시피, 이 빌어먹을 것이 꽤 까다롭게 굴거든요.

우선, 이 바이러스는 피와 정액 속에 집중적으로 들어 있어요.

이 점이라면, 두 분은 전혀 걱정할 필요가 없겠네요.

하하하…

다음으로, 여성의 질 분비물 속에 많이 들어 있죠.

또 극히 소량이긴 하지만 타액 속에도 들어 있고요. 하지만 감염시킬 만한 양은 아니에요.

118.

따라서 두 분의 경우 감염이 될 만한 유일한 가능성은, 어떤 경로를 통해서건 바이러스혈액이 몸속으로 침투했을 때일 겁니다. 혹은 예기치 않은 상처에 질 분비물이 닿음으로써 침투할 수도 있구요.

하지만 이건 이론일 뿐이에요!

이런 일들은 쉽게 일어나지 않거든요!

그 외에도 많은 조건들이 맞아야 하고, 또 두 분이 아주 불운한 경우라야 하니까요.

하지만 보다시피 부인의 건강 상태도 좋고, 혈액 속에 바이러스 농도도 약하고

또 선생의 성기도 양호한 걸로 보아

페테르스 씨가 에이즈에 걸릴 가능성은, 이 방을 나갔을 때 흰 코뿔소와 마주칠 가능성 쯤으로 보시면 되겠네요.

하 하 하 하 하 하 하 하

시내에
서커스단이 온 건
아니지?

그렇지?

아, 물론…
그래도 안심이
잘 안 될 겁니다.
이해해요.

바이러스혈증을
살펴봐야 하니까,

이삼 일 후로
예약을 잡으세요.

이삼 일이요?

세 달 정도 기다려야
될 줄 알았는데.

이런 검사치고는
아주 싼 거예요!

바이러스혈증
검사는 몇 시간이면
충분해요!

다른 데 가선 말하지
마세요! 아주 극단적인
경우에만 이런 거니까요.

검사 비용은
250프랑입
니다. 알아
두세요.

한데
양성이면요?

페테르스 씨, 코뿔소를
생각하세요,

코뿔소.

예,
하지만…

만일 검사 결과가
양성으로 나오면, 한 달
동안 항바이러스 치료를
하게 될 겁니다.

문제의 관계 후 10일이
지났는데도 여전히 바이
러스가 림프절을 공격
하지 않았다면…

약 80퍼센트
정도는 바이러스를
제거할 수 있어요!

하지만 제가
어떻게 그런 걸 다
알았겠어요!

턱도
없지!

그렇다면,

이제 에이즈의
세계에 입문하신 걸
환영합니다!

자,
가시죠.

간호사가 채혈을
할 겁니다.

결과가
나오는 대로
알려드리죠.

진료실을 나오는 순간, 난 마음이 다소 흔들렸다.

내 앞엔 전혀 예상치 못한 세계의 문들이 활짝 열려 있었다. 사회적 통념이나 세간의 관심사와는 거리가 먼 세계.

코르도바 부인!

드라마에서나 보던 일이 실제 상황이 되는, 섣불리 판단해선 안 되는 그런 세계 말이다.

난 다소 혼란스러웠지만 대수롭진 않았다.

한편 카티는 자신의 과거 때문에 혹독한 고통을 겪으며, 명확한 결과가 나오기만을 기다리고 있었다.

이윽고 좋은 소식이 당도했고, 이로써 우린 온갖 근심을 다 떨쳐버릴 수 있었다.

우리가 모든 걸 할 수 있는 부부의 권리를 얻었다는 말이 아니라, 이제 경기 규칙이 정해졌다는 말이다.

우리는 제한 없는 영역에서 정정당당한 승부를 겨룰 수 있게 되었다. 거기엔 오직 심판만 있을 뿐이었다.

크흐흐⋯. 너무 좋아.

당신이 내 흥분을 고스란히 느낀다는 거.

사실 콘돔을 사용하는 게 자연스럽진 않았다. 하지만 이것은 실제로 바이러스의 침투를 예방할 수 있는 유일한 방법이었고 결국 하나의 의식이 되어버렸다. 한편으론 우습고 또 한편으론 느긋하기도 하고 성급하기도 한, 일종의 종교적인 의식. 마치 성전 입구에서 반드시 신발을 벗는 이슬람교도들처럼.

반드시 거쳐야 할 규정 연기가 있다는 사실은 다른 모든 장애물들을 훌쩍 뛰어넘게 했다. 이제 우리는 주어진 권리를 최대한 이용해 모든 연기를 시도해봐야 할 상황에 놓이게 되었다.

'밀월여행'도 그 시도들 중 하나였다.

우린 고다 치즈*의 나라로 떠났다.

와! 여기
이것 좀 봐. 혈관까지
만들어놨네.

왠지…
음산해.

*고다 치즈-네덜란드산 치즈

128.

이 밖에도 필수적인 규율들이 있었다. 우선 늘 건강을 유지하고, 몸을 자세히 관찰하는 습관을 가져야 했다.

벤 상처를 치료하고, 손가락이 붓지 않게 조심하고, 귀 점막을 보호하는 일 등이 우리에겐 모두 일상적인 습관이 되었다.

카티는 이런 것들을 실천하는 데 열성을 보이다가도 이따금 짜증스러워 하기도 했다. 사실, 몸과 마음이 완전히 지친 상태에서 이겨내야 할 삶의 어려움들을 생각할 때, 그녀로서는 이런 일상이 버거울 수밖에 없었다.

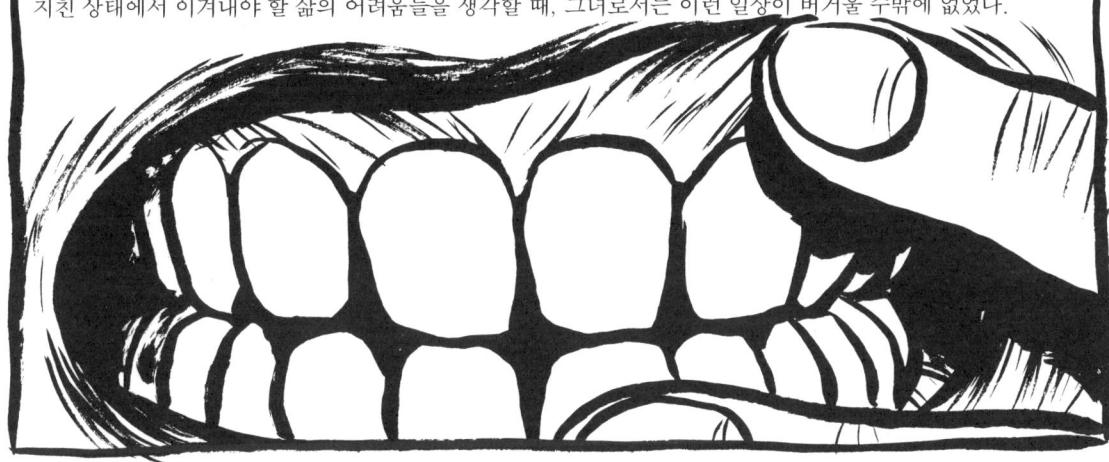

날마다 거울 속에서 자신의 병을 바라봐야 한다는 사실이 그녀로선 참으로 고통스러웠을 것이다.

뒤돌아보면 희미하면서도 끊임없는 기쁨과 행복이 느껴지는 듯하다. 하지만 이것은 크고 작은 일련의 고비들을 꿋꿋이 이겨낸 까닭이라는 걸 난 알고 있다.

또 지금 이 관계가 과거와 관련되어 있다는 것도 알고 있다. 과거는 지금도 여전히 우리에게 영향을 미치고 있고, 때로는 예기치 못한 삶의 리듬을 받아들이도록 강요하기도 한다. 변함없이.

처음 몇 달 동안, 우리는 서로의 생체 리듬에 관계없이 주체할 수 없는 욕구를 느끼곤 했다.

사랑과 기쁨이 모든 걸 견딜 수 있게 해주리라는 생각으로 하나가 되어서.

하지만 카티는 그때도 줄곧 바이러스를 염두에 두고 있었고, 에이즈에 대해 매우 불안하고 적대적이었다.

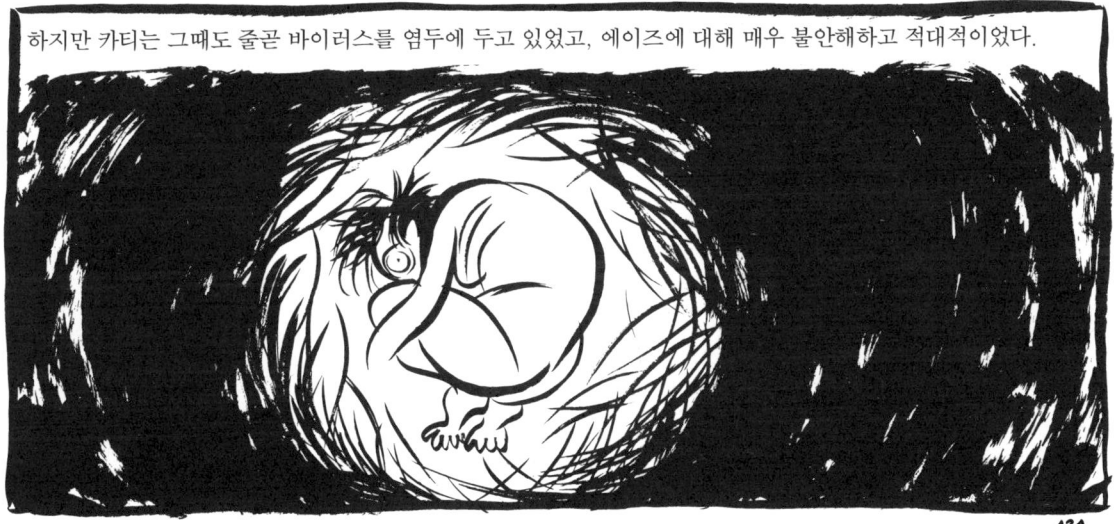

그녀는 자신을 완전히 예외적인 존재로, 말하자면
온갖 위험을 안고 있는 질병 그 자체로 보고 있었다.

한편 나는 막연한 광기에 휩싸여 있었던 것 같다.

섬광처럼 빠르고 강렬한 감정들.

거부, 분노, 처벌의 욕망….

그리고 질문. 그녀의 병에도 불구하고 그녀에 대한 욕망이 솟구치다니, 내가 병적인 걸까? 아니면 이건 무의식적인 자기 파괴일까?

난 여기에 대답하지 않았다.

그저 내 지성을 믿었다. 나 스스로 이에 대한 판단과, 판단에 대한 점검을 해낼 것이라고.

드르렁...

이 모든 게 다 지난 일이다.

꿀꿀…

쥬우…

얼마 후, 난 R박사와 다시 만나기로 약속을 잡았다.

이번엔 나 혼자.

엄지손가락에 깊이 벤 상처가 있었는데, 샤워를 한 뒤 밴드를 뗐었다. 그런데 그만 딴 생각을 하다가, 상처 난 손으로 콘돔의 바깥 부분까지 만지고 말았던 것이다.

순간 당황스러웠지만 정신을 차리고 경과를 지켜 보기로 했다.

이 약속은 우리 관계가 두 번째 단계로 넘어가는 중요한 계기가 되었다.

딸깍…

정확성…, 코뿔소…, 바이러스가 외부에서 생존 가능한 시간…, 채혈…, 새로운 바이러스혈증…, 주절주절…

그리고는 마침내…

아시겠지만, 멋진 여자예요.

아주 매력적인 분이죠.

누구 말씀 이신지….

여자 친구 말입니다.

아, 예!

그럼요, 저도 알아요.

운이 아주 좋으시네요. 두 분 다!

네…. 늘 그러긴 쉽지 않지만

전 그걸 잊진 않아요.

흐음… 제 말을 나쁘게 받아들이진 마세요….

그러니까, 그게… 흠….

만일 제가 그 입장이라면 아마도 전…, 제 욕구를 조심스레 억제하는 것으로 만족할 겁니다.

그리고 콘돔 따윈 잊어버리겠죠.

아, 물론 카터 씨가 이 치료를 받아들인다는 조건에서요!

아니, 지금 절 조롱하는 겁니까?! 선생님은 지금 지난 십 년간의 성교육을 다 무시하고 있어요.

한번 생각해보세요, 선생님 동료들이 이 소릴 듣는다면 과연 무슨 말을 할지.

이런, 진정하세요! 당연히 화가 나겠죠!

허허허! 하지만 페테르스 씨는 분별 있는 분이니까 제 말뜻을 잘 이해할 거라 믿어요.

이상한 일이죠?

전 이 병을 잘 알거든요.

잘 아는데도 이런 병이 존재한다는 게 늘 놀랍다니까요!

그런데 당사자인 당신은 오죽하겠어요.

치료를 하기엔 너무 일러요.

아시다시피, 카티는 건강해요. 지금 치료를 시작 한다면, 그건 성생활이 불가능 하다는 얘기나 다름없어요.

아니, 이런!

결정할 사람은 페테르스 씨예요!

그런데 당신이 이걸 그렇게 보다니!

우선 사람이
살고 봐야 하지
않겠어요?

이것이 바로 7개월 전 일이다. 그는 노련한 솜씨로 마침내 내 눈을 뜨게 했다. 아니 다른 시각을 갖게 해주었다.

생전 처음으로, 완벽한 자격을 가진 전문가가 우리에게 우리 자신에 대한 좋은 이미지를 심어주었던 것이다.

페테르스 씨?

복도 끝으로 가세요.

네.

그 후로 이것은 우리의 든든한 구명대가 되었고, 카티와 난 바다가 요동칠 때마다 이걸 꼭 붙잡을 수 있게 되었다.

훌쩍

게다가 바다의 요동도 점점 강도가 약해졌다.

어서 들어와 앉으세요!

어디 좀
봅시다!

쳇! 별 것도
아니구먼!

작은
부스럼이에요!

날씨가 추워 그런
거예요. 기온이
차니까 침이 말라
붙어서.

후시딘 따위나
처방하게
하다니….
앞으론 이런
일로 오지
마세요.

자!

페테르스 씨,

안녕히
가세요.

예, 안녕히
계세요.

고맙습니다.

142.

부인께 안부
전해주세요.

한 인간으로서 그가 날 감동시키는 이유는 바로…

성마르고 다혈질이지만 능력이 뛰어나고…

전혀 표시나지 않게 내 삶을 변화시킨, 아니 적어도
삶의 방향을 바꿔놓은 사람이기 때문이다.

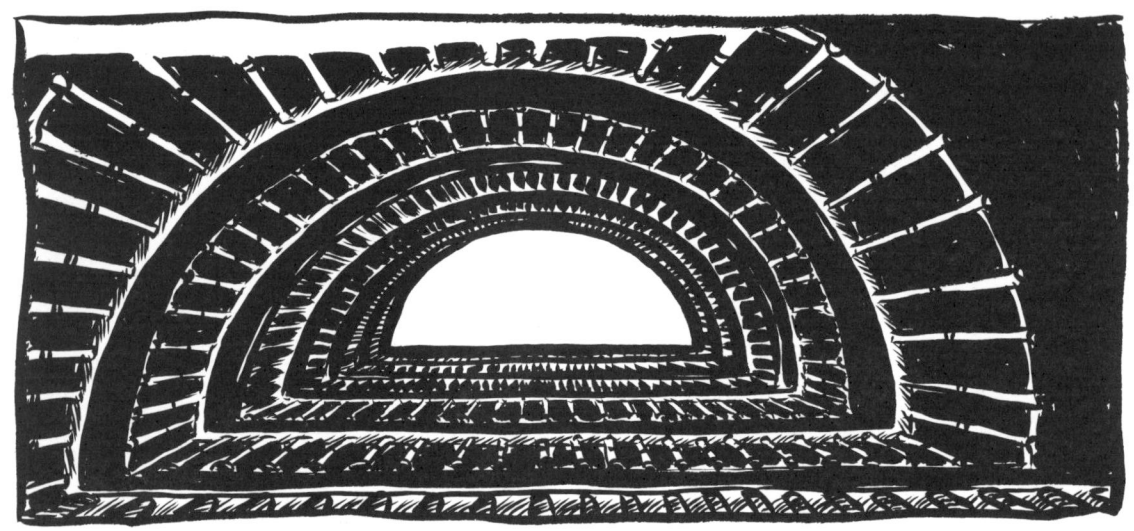

이제, 우리는 처음의 흥분과 의심의 고비들을 모두 넘겼다. 이 과정을 통해 난 행복을 끌어내는 법을 터득하게 되었다. 그렇다고 우리의 삶이 완전히 '정상적'이 된 건 아니다. 하지만 순조로운 리듬을 타기 시작한 건 분명하다.

난 지금 느긋하고 편안하다. 또한 내 이해력의 한계를 넘어서는 일들에 관해서도 마음이 열려 있다.

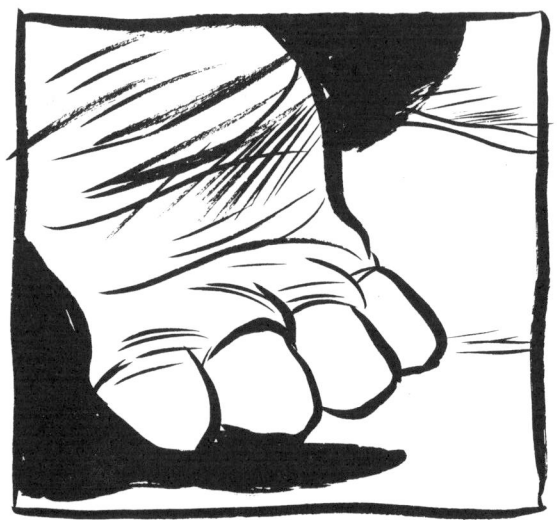

146.

카티도 그렇게 되길 바란다.

머지않아 곧….

FRED 03.01 - 04.01   148

주절
주절...

두런
두런

하하
하...

한데
카티하고는
잘 돼가?

응, 아주 좋아. 하지만 매일 흔들리고 있어.

왜?

글쎄, 아마 그녀가 자신에 대해 갖고 있는 의심 때문이겠지.

카티는 종종 자신이 세상에서 가장 살기 힘든 사람일 거라고 생각해.

당연히 그렇겠지.

난 가끔 어떤 정직한 시나리오 작가가 우리 이야기를 쓰게 되지 않을까 생각하곤 해.

어쨌든, 카티는 건강하고 행복해 보였어.

응. 내가 보기에도.

이따금 자책하는 것만 빼면….

하지만 그것도 점점 나아지고 있으니까.

뭐 한 가지 물어봐도
되나? 좀 개인적인
질문인데.

얼마
든지.

콘돔
말인데….

하하하!
콘돔이
어때서?

혹시… 가끔 문제되지 않나?

콘돔 없이 관계할 수
없을 거라는 사실이
받아들여지냐구.

쳇! 그건
중요하지
않아!

그럼. 물론 아주
사소한 일이지.
킁킁…, 사실 나도 그게
문제가 될 거라고는
생각하지 않아.
훌쩍….

다만 너는 이런 일들에
어떻게 대처하는지
궁금했을 뿐이야.

난 아예
그런 생각을
하지 않아!

난 카티가 정말 좋아. 예전부터 줄곧 그랬어. 게다가 우린 모든 면에서 완벽하게 맞는 커플이야. 대부분의 사람들이 바라는 게 이런 것 아냐?

그러니 이따금 성기에다 20분의 1밀리짜리 얇은 고무를 끼워야 한다는 이유로 이 모든 걸 포기할 순 없잖아.

그건 내가 가장 사랑하는 사람을 배척하는 거나 마찬가지야.

그래서 난 사람들이 남의 속도 모르고 그렇게 생각하는 게 정말 싫어!

게다가 너도 알다시피, 실제로 이건 전혀 불편하지도 않아!

아, 물론.

다만 원칙에 충실하기 위한, 하나의 상징물에 불과한 거지.

좀 전엔 아예 생각을 안 한다고 하더니, 그렇게 말한 사람 치고는 너무 깊이 생각한 것 아냐?

짜식, 핵심을 찌르는군.

엉큼하긴....

혹시 하게 되면 '마닉스 엥피니 002'를 써봐. 정말 끝내줘.

그래? '세일로'는?

그건 형편 없어!

응, 기억 해둘게.

FRED 04.01

155.

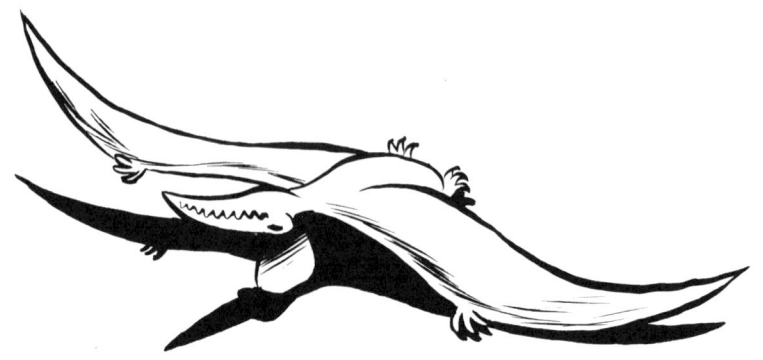

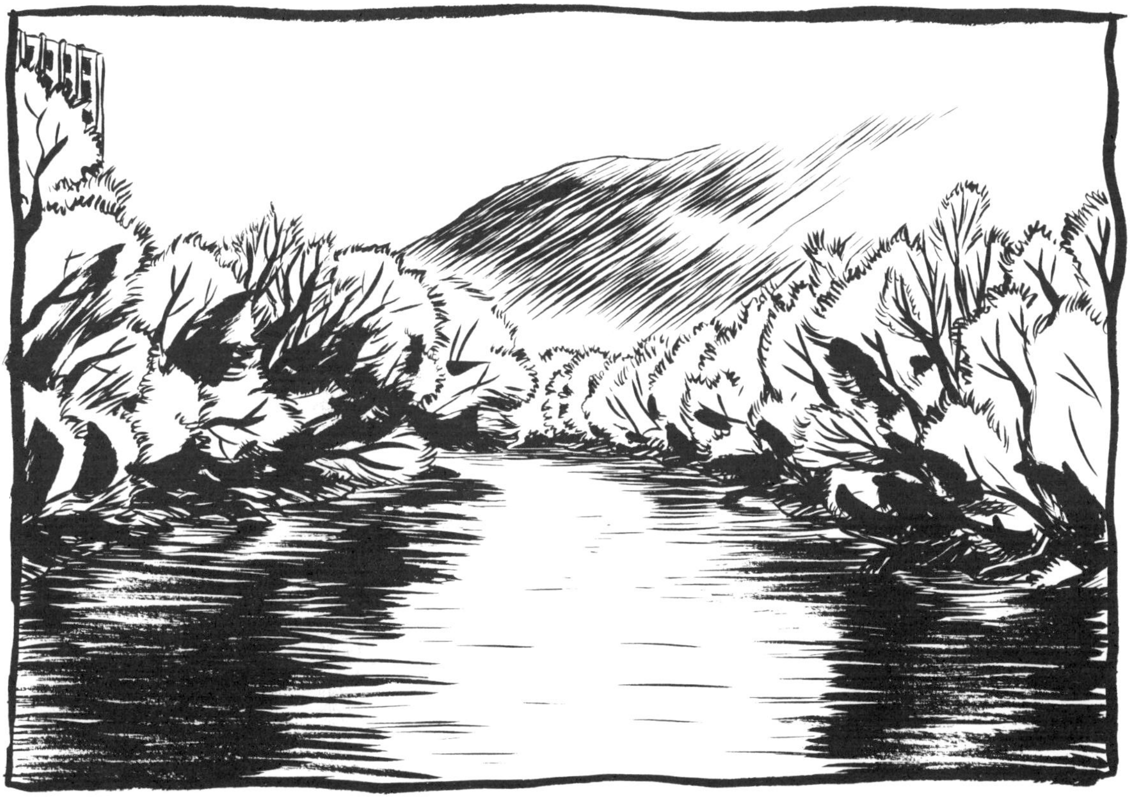

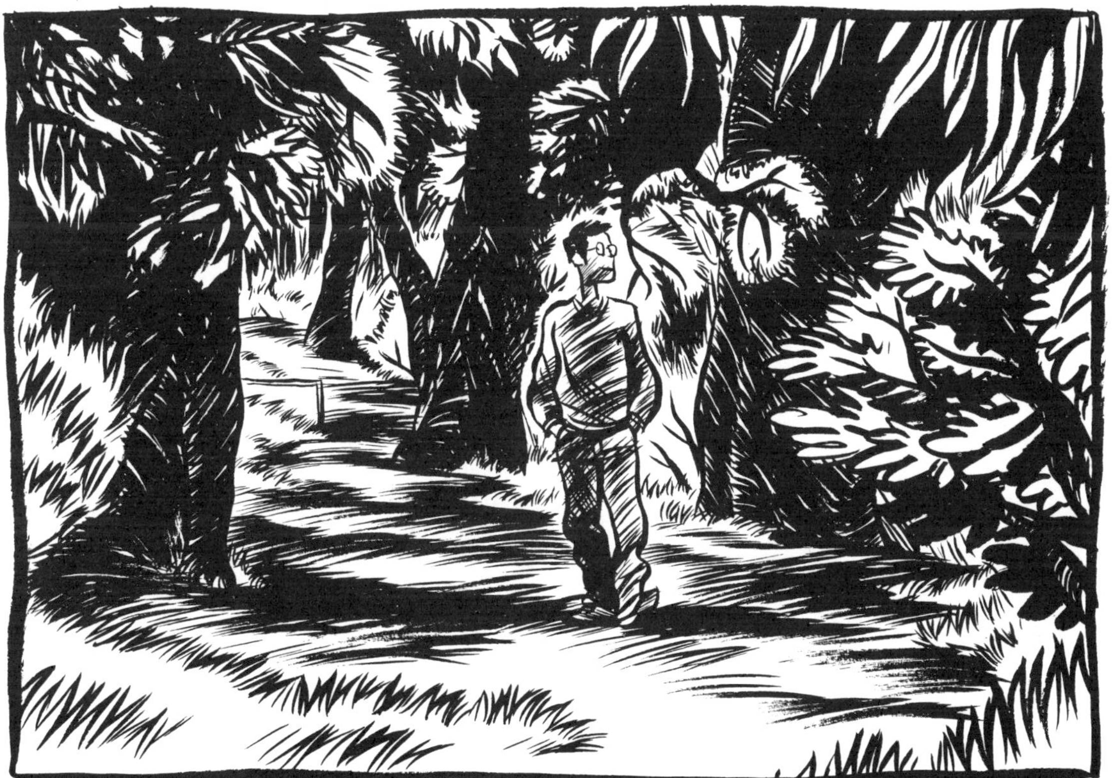

159.

161.

* **오귀스트 콩트**-프랑스 실증주의 철학자

그런데 말이야,
좀 전에 기분 상했던
건 아니지?

그러니까 난… 과학이 정말
기적을 만들어낼 수 있는지,
정말 과학적 상상력을
실현시킬 수 있는지
그걸 알고 싶어.

한편으로…

165.

흐흠…. 또 한편으론 …?

좋아, 내가 생각하기엔 말이야, 넓은 의미로 볼 때, 과학이란 본래 등급이나 서열을 정하고 이걸 토대로 작용하는 것 같아.

따라서 이 같은 과학적 사고방식이 인간에게 적용되면 당연히 배척이나 추방을 낳게 되는 거지!

무얼 무얼…

흐음…

담배 한 대 피워도 되겠지, 응?

나야 뭐 상관없지만. "담배는 건강에 매우 해롭다!" 보건복지부.

그래? 날 봐! 증명 끝!

칙칙칙…

이봐, 영장류. 마음이 흔들리고 있군.

자넨 인간을 단지 과학적 차원에서만 바라볼 텐가?

흠… 글쎄, 차라리 발을 잘못 디뎠을까봐 두렵다고 하는 편이 낫겠지.

그렇다면 동정심, 유대감, 꿈, 그리고 인간미는?

그건 매머드 입장에서 보는 관점이지!

대체 과학에 대해 뭐가 불만이야?

내가 사랑하는 여자가 에이즈에 걸렸어. 그 아들도!

그건 불평거리가 못 돼!

과학은 이들을 격리시켰단 말이야! 표지를 하고, 별도로 이름까지 붙여서!

과학은 이름을 붙였을 뿐이야! 격리시킨 건 바로 사회라고!

167.

그럼 과학은 왜 이름을 붙였지?

더 잘 보살 피려고.

미안하지만 말야… 하 하 하 하하하 하 하 하

하하하…. 참 우습군. 하하하, 저 아프리카를 좀 봐!

생생한 증거잖아! 아니, 거긴 여전히 또 다른 세계지…. 인간도 없고 과학도 없으니까….

다만 돈이 문제일 뿐이지. 그게 다야!

이런 파렴치한 일이 지난해 이란에서 일어났어. 어떤 아버지가 에이즈에 걸렸다는 이유로 아들을 도끼로 찍어 죽였거든.

쳇…. 잘 보살핀다고?

이봐, 젊은이, 자넨 지금 모든 걸 뒤섞고 있어.

자네의 분노는 뿌리가 훨씬 더 깊은 데 있지.

음….

오스카 와일드 어록에 이런 게 있지. "난 고통을 제외한 모든 걸 동정할 수 있다. 세상에 동정이 적다면 문제도 적은 것이다!"

좋은 말인데, 오스카 와일드 따위 관심 없어!

아! 그러서?!

이 하찮은 매머드가 보기엔, 자넨 지금 자기 안의 갈등을 세상에다 쏟아내고 있는 거야.

'고통을 제외한… 모든 걸 동정할 수 있다'고?

음… 내 안의 갈등이라….

그럼 내가 사랑보다 동정을 더 두려워 한다는 거야…?

본래, HIV 자체는 사람을 고통스럽게 하지 않아.

물론이지! 말도 안 되는 모순 때문에 고통스러운 거지!

더구나 육체의 질병은 인간으로선 손댈 수 없는 부분, 바로 사랑을 망가트려. 그러니까 육체의 병은 사랑의 불구자들을 만들어내는 거지!

그래서… 동정 한다는 거야?

젊은이?

음…, 우선 사랑 한다고 해두지.

동정이라는 거, 점점 참기가 힘들어.

난 이 병을 우리 삶에서 몰아내고 싶어. 옆에 끼고 살고 싶지 않단 말이야.

자넨 아직 대답하지 않았어!

흠…, 좋아… 어쩌면 난 부당하 다는 생각을 동정하는 걸 거야. 생각해봐, 카티 입장에 선 이 병이 얼마나 부당하게 느껴지겠어? 게다가 그녀는 터무니없는 억울함을 가라앉히 려고 일부러 죄책감을 느끼는 것 같아. 자신이 받아야 할 벌이 라면, 자신에게도 일부 책임이 있다고 보는 거지.

그녀는 이걸 우연이라고 생각 하지 않아.

게다가 더 부당한 건 바로 인간이야! 부당한 인간들!

내가 동정하는 건 바로 이런 고통이야.

하지만 자넨 지금 반대로 가고 있어. 오히려 그녀의 고통을 비난하고 있거든!

그래서 혼란스러운 거야.

어쩌면… 그게 더 맞을지도 모르지.

* **에픽테투스**-고대 그리스의 철학자

난 말이야, 이따금 내가 이 상황을 잘 헤쳐가고 있는지 스스로 물어보곤 해. 왜냐하면 여기서 내 역할이 아주 중요하거든. 에이즈에 걸린 건 내가 아냐. 난 편이나 들어주고 도와줄 뿐이지. 그래서 균형을 잡으려면, 내가 모든 걸 긍정적으로 바라봐야 해.

그러니까 자네답지 않은데? 이봐, 분노에다 죄책감을 덧씌우지 마.

음…, 그럼 이 병은? 대체 이 병은 우리 사랑에서 어떤 역할을 하는 거지?

우리가 이 병에게 빚진 거라도 있나?

참 질문도 많군.

아무튼…

이따금 악마가 대변인을 찾는다면, 당장 나를 부를 거라는 생각이 들어.

그래서?

운이 나쁘면 병에 걸릴 수도 있다고 생각하니 괴로운가?

그런 생각은 안 해봤어.

아마 이 병은 자네한테 최악의 불운이자 최고의 행운이 될 거야. 가장 본질적인 것에 눈을 뜨게 해줄지도 모르지.

네가 뭘
생각하는지
알아.

그럼
말해봐.

죽음이지?
죽음이 '죽을
운명'이라는 생각을
갖게 하는 걸까?

실마리 정도
되겠지.

하지만 누구도
죽는 걸 의식하면서
살아갈 순 없어.

난 내가 사랑하는
사람이 곧 죽을
운명이라고 생각하면서
사랑할 순 없어.

이제야 속내를
드러내는군! 너무 앞서
가지 마! 유한한 존재들은
모두 그 명대로 살다
가는 법이니까.

그게 결론이야?
하하. 결국 다
운에 달렸다는
거지?!

꼭 그렇진 않아.
운이란 바로
자네가 찾아야
하는 거니까.

173.

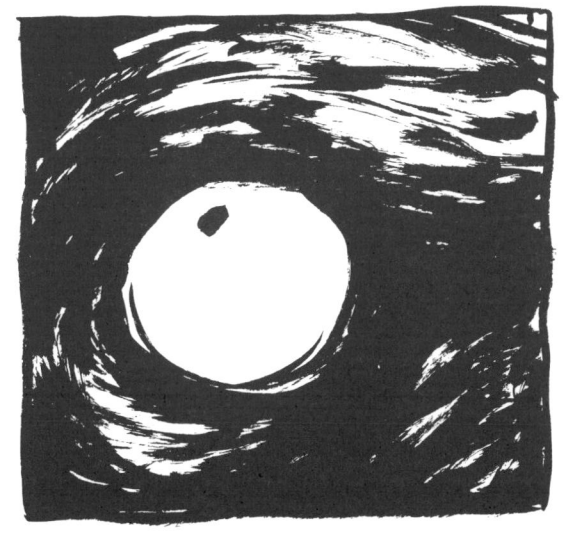

수다스럽고,
영화도 좋아하고,
빠르기까지 하지!
이봐, 꼭 잡아.
많이 흔들릴 거야!

이크! 대체 무슨
일이야?

저 뒤에 하늘을 봐!
뭔가 우릴 공격하려고
하잖아!

빨리 숲으로
달아나야겠어!

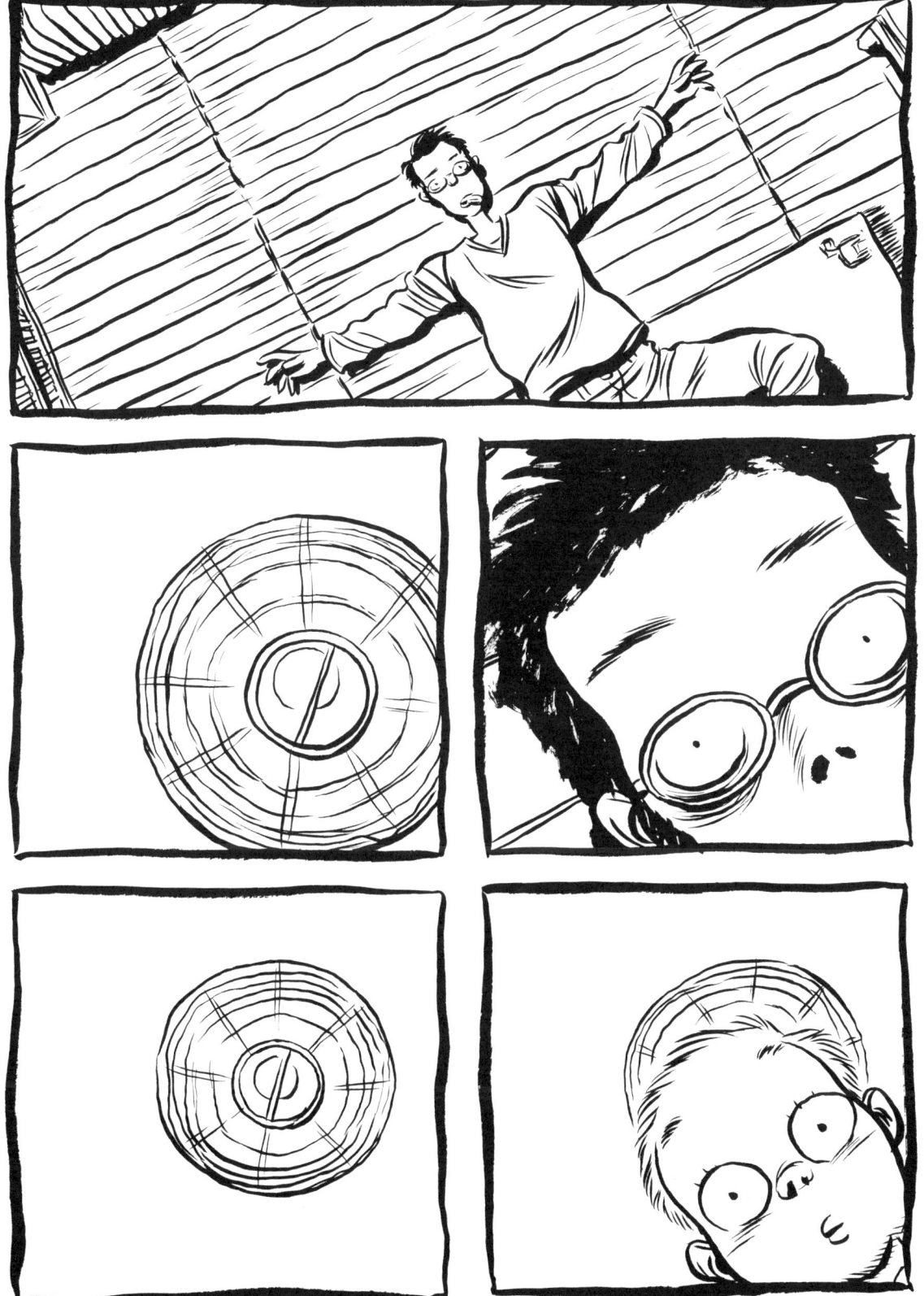

어훙!

아아아!

아아아!

히히잇.

엄마아아아!

휴우….

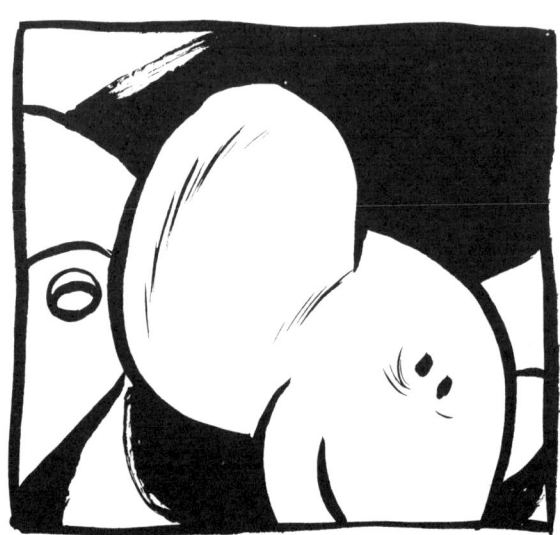

이렇게 해서 작업을 마치고 내일이면 난 떠난다.

내가 보고 겪은 일들을 그리기 시작한 지 석 달 만에.

이들과 함께 내 삶을 다시 시작한 지 석 달 만에. 난 그간의 일들을 글로 쓰고 그림으로 그리고 깊이 생각했다.

쉬지 않고, 나 자신의 감정에서 눈을 떼지 않은 채

완전히 녹초가 될 정도로…

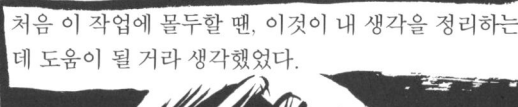

처음 이 작업에 몰두할 땐, 이것이 내 생각을 정리하는 데 도움이 될 거라 생각했었다.

내 의지와 열망이 뚜렷하다면 말이다.

지금 난 기진맥진한 상태이다.

마치 우울증에라도 걸린 듯.

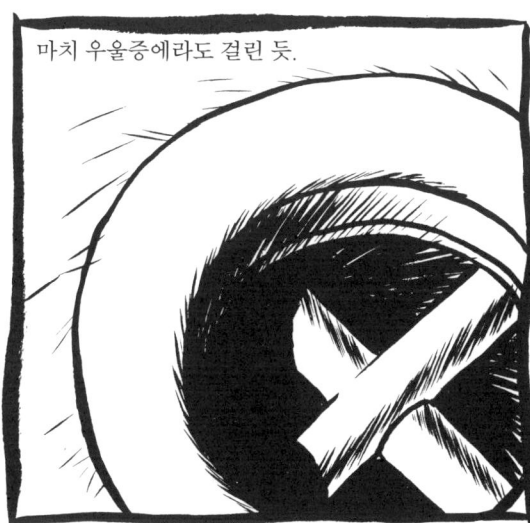

하지만 뭔가에 도달했다는 느낌은 든다.

그게 뭔지 설명할 순 없다. 이 공허함이 없다면, 이 길의 끝에 다다랐음을 어떻게 알 수 있겠는가?

이제 이야기와 현실 사이의 혼동은 사라져야 한다.

그리고 긴장된 삶으로부터 벗어나야 한다.

마침내 내일, 내겐 여행이 보상으로 주어져 있다!

굴굴굴…

카티와 난 이틀에 걸쳐 모든 걸 철저히 준비했다.
무엇보다 아이에게 빠진 게 없는지 꼼꼼히 살펴가며.

코오오…

187.

마스코트 장난감, 기저귀, 항생제, 치료제 등….
우리는 반드시 필요한 것들만 챙겨 가능하면 짐을
최소화하려고 애썼다.

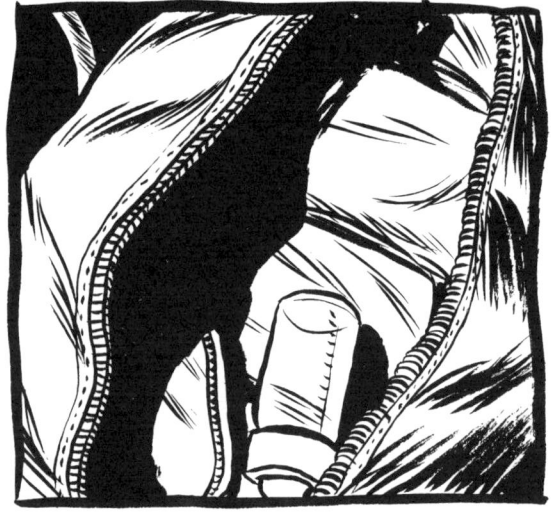

이 여행이 어떻게 펼쳐질지 참으로 궁금하다. 다소
비밀스럽고, 경이롭고, 조금은 까다로운 여행이 될까?

드디어…

내일이면, 난 비행기 안에 있을 것이다.
그리고 모레는 방콕에.

188.

3일 후, 그녀는 아이를 데리고 나와 합류할 것이다.
난 공항에서 그녀를 기다릴 것이고 나머지는 그때
그때 알아서 하면 될 것이다. 두고 보면 알겠지.

189.

그녀가 로비로 들어오는 게 보인다. 피로에 지친 사랑스런 얼굴로. 불안과 욕망에 가득 찬 표정으로.

가방에 푸른 알약을 가득 넣어서….

책을 내고 나서…

요즘, 걱정돼….

뭐가? 책 때문에 그래?

음… 이번 달이 얼마나 길게 느껴지던지…. 일은 바뀌고, 애는 학교 들어갔지, 부모님과 관계도 그렇고.

곧 나오는 책 말이야, 너무 이른 거 … 아닐까?

설마! 오히려… 늦은 거지.

이제야 내 생각을 강하게 밀어붙일 때가 됐어. 이제 정신 건강 상태를 의심하지 않고 입장을 정할 수 있을 것 같아.

그런데 두려워.

그렇게 생각은 하지만, 그래도 무서워.

R.S.1

하하, 괜찮을 거야. 이건 결국 누군가의 재미난 사랑 이야기일 뿐이라고. 잘되면 조용히 읽을 거고… 최악의 경우라도 손에 난 사마귀처럼 신경도 안 쓸걸.

사마귀 싫어. 지저분해.

아니, 예를 들면 그렇다는 거지. 손톱 부스러기라고 생각하든가.

모든 게 여행이고 모험이었어. 책을 내지 않는다면, 이국적인 곳에서 강렬한 순간에, 사진을 잔뜩 찍어놓기만 하는 거나 다름없을 거야.

찍어만 놓고 현상은 안 하는 거? 뭔지 알겠다.

하하하!

올 가을은 포근하고 날씨도 좋을 거 같아!

FREDERIK
AOÛT 2001

P.S.2

안녕.

안녕.

넌 누구니? 소개 좀 해줄래?

딸이지.

엄마 딸.

몇 살이지?

아홉 살!

반!

너는 이 책에 왜 안 나오지?

음, 아직 태어나지 않았으니까.

책에 나왔으면 좋았을까?

괜찮아.

다른 이야기에서는 날 그렸으니 그렇게 질투 나진 않아요.

이 책 읽어봤니?

기분이 이상해져서 다는 안 읽었어요….

왜 그런지는 모르겠지만.

어? 어떤 게 이상해?

음, 오빠가 아주 어릴 때 모습이 나오는데, 낯설었어요. 그때 오빠는 병원에 있었는데… 그걸 보는 게 좀 그래.

오빠랑 엄마가 무서운 적은 없니?

별로요.

약을 잘 먹으면 괜찮아요. 안심해도 돼요.

너한텐 왜 HIV가 없는지 알아?

응, 엄마가 제왕절개를 해서?

그렇단다, 하지만 그걸로는 충분치 않아. 콘돔을 써야 해. 그런데 콘돔을 쓰면 어떻게 아이를 갖지?

음… 잘 모르겠어요.

그래, 그건 다음번에 설명해줄게.

이 책 읽는 사람들에게 해줄 말 없니?

에이즈 환자를 무서워하지 마세요. 나쁜 사람이어서 걸리는 병이 아니에요.

사랑해, 딸.

나도.

안녕.

안녕.

책에 대해 말해줄래? 아, 열여섯 살?

음. 맞아요. 나는….

근데 내가 책에 나온 그때를 전부 기억하는 건 아니에요.

내 책이 네 머릿속을 씻어버렸나?

네? 무슨 장난을 친 거예요?!

하하! 아니, 아니야. 자세하게 얘기 좀 해보려는 거야. 안심해.

내 어린 시절, 그거 환상 아니겠어요?

어린 시절은 원래 환상이 아닐까?

하하…

그러게요.

다른 사람들과 다른 것 같아?

아뇨. 전혀.

하루에 알약 세 알만 먹으면 되는걸요.

…곧 하루 한 알만 먹게 될 거래요.

그래도 다르다고 느껴질 때 없어?

아뇨,

아, 사람들한테 알려야 할 때는 좀….

친구들?

진짜 친한 친구들이라면 괜찮겠지만. 근데 가끔 무서워하는 사람들이 있긴 해요. HIV를 잘 모르는 사람들과 에이즈에 대해 얘기하면 거리감이 생기는 거죠.

그렇지… 거 참…

이런 거예요. 사람들은 아무것도 모르고 난 바보같이 계속 얘기하고….

요즘도 얘길 많이 해요.

여자친구에 대해서는? 관심 없어?

응.

별로. 솔직히 별생각 없어요.

여자애들한테 얘길 해야 한다는 게 고민되지 않아? 콘돔도 그렇고.

에이. 콘돔이야 늘 써야 하는 거니까. 다른 사람들도 처음엔 콘돔 써야 하지 않나? 뭐, 그 스트레스는 늘… 뭐…

젊은 연인들에겐 그거 스트레스지.

응….

맞아….

근데 반대로… 생각해 보면 사는 데 그렇게 불편할 건 없어요.

시간 날 땐 뭐 해?

권투랑 극장.

좋아해요.

권투하면 피가 나잖아.

피 나면 화장실 가서 씻음 되고… 보통은요. 치료를 받으니까, 핏속에 바이러스가 있긴 않아요, 이제.

주치의 선생님이 그러시는데 누가 내 피를 1리터쯤 마신다고 해도 감염될 확률은 극히 낮대요.

아빠는 어떠셔?

아, 아빠 스페인에 계시고요, 방학 때 제가 만나러 가요.

특별한 말씀은 없으시고?

이혼 가정의 자녀란, 뭐…

그리고 그 후론 새아빠가 늘 있었잖아요….

하하… 내가, 늘….

음. 좋았어요.

독자들에게 한마디 남긴다면?

마음을 열고, 알기를 바란다고. 내 성장을 지켜봐 달라고.

네 성장?

응. 내가 어디쯤 와 있는지.

뭐, 가능하다면.

안녕.

안녕.

세월이 이렇게 지났네?

우리 계속 같이 있었잖아. 믿어져?

응, 난 믿어져. 당신은 아니야?

누가 알았겠어.

그래서, 이 책은 어때?

많은 게 변했지.

뭐가?

이젠 HIV랑 같이 살고 있잖아.

그때도 가능한 일이긴 했잖아.

이제야 완전히. 아이 먼저 저세상 보내게 될 줄 알았거든. 정말 많이 나아진 거야.

아이를 낳기까지 했잖아. 별 문제 없이.

아, 그런가? 우리, 아이를 낳았나?

그럼.

진짜 예쁜 딸.

그게 어떻게 가능했던 거지?

쉬워. 당신 정액을 콘돔에 넣어서 가져갔고 그걸 주사기로 내 자궁 속에 넣은 거지.

으엑!

하하!

멋지지?

그 후로도 콘돔은 써야 했잖아. 더 필요해졌지. 치료는 효과가 있어서 혈중 바이러스는 없어졌지만.

하지만 여전히 위험하잖아.

림프절에 숨어 있지.

나는 바이러스가 다시 활동하지 않도록 치료 과정을 정말 성실히 따라야 해.

힘들어?

잊어버리면 안 되는 게 있다는 건.

치료는 부담이 커?

알약 세 알 보다는

아, 곧 한 알만 먹는대.

잘 지내고 있는 거지?

음… 응! 이젠 더 이상 병이 삶의 중심이 아니고, 내 삶은 정상이야.

사람 만나는 일은 가끔 어렵지만.

사람 만나는 일?

사람들은 아직 이 병에 대해 잘 몰라. 내가 이 병의 역사, 의학 발전을 다 설명해야 해.

좀 혼란스럽지. 무지가 공포를 가져오니까.

그런 문제라면 벌써 많이 겪었지?

휴…

실제로 겪은 건 없어.

요즘은 얘기를 잘안하고

결국은, 어찌 되든 상관없다는 거네.

음…

상관없지.

하지만. 아이 생각을 하면… 그 애가 꼭 여자친구를 사귀면 좋겠어. 바라는 건 그게 다야.

우리 둘은 어때?

응? 우리 둘?

최고지!

당신 아름다워.

독자들에게 하고 싶은 말은?

삶은 아름다워요!

하하하하! 당신이랑 꽤 닮았네!

어떤 걸 원해?

교훈적인 메시지?

글쎄, 모르겠네….

그럼… 열린 마음을 늘 간직하시고!

편견과 싸우세요!

잔소리는!

응? 건방져 보여?

아냐, 아냐… 그냥 좀… 식상하잖아.

그래도. 모든 사람들에겐 두 번째 기회를 잡을 권리가 있어야 하니까.

그래. 좋네, 그거.

그게 다야?

콘돔은 이제 좀! 빌어먹을!

그래! 빌어먹을!

고마워… 안녕!

안녕!

사 랑 때 문 에 눈 뜨 는 삶 의 본 질

정혜윤(CBS PD, 『삶을 바꾸는 책 읽기』 저자)

사랑에도 용기가 필요할까? 필요하다면 어떤 용기가 필요할까? 로미오와 줄리엣 시절에는 가문의 반대를 무릅쓰는 사랑에 대해서 쓰는 것에 용기가 필요했을 것이다. 그러나 오늘날 누군가 가문의 반대를 무릅쓰는 사랑 이야기를 쓴다면 그것을 용기로 받아들이는 사람은 없을 것이다. (청소년 소설로 생각할 수도 있다.) 오스카 와일드 시절에 동성애에 대해 쓰는 것이 얼마나 엄청난 용기를 필요로 했을지 상상하기도 어렵다. 지금 동성 애인을 사랑하는 것에 대해 쓰는 데 필요한 용기는 그 시절보다는 덜하다. 그렇다면 에이즈 바이러스 감염자와의 사랑에 대해 쓰는 것은 용기를 필요로 할까? 아마 필요할 것이다. "내 애인은 HIV 감염자예요."라고 말하는 순간, 순식간에 병균 덩어리로 여겨지고 친구 몇 명이 떨어져 나갈 위험도 있다. 『푸른 알약』의 저자인 프레데릭 페테르스는 용기를 보였다. 에이즈 바이러스 감염자와 사랑을 나누는 것은 자살행위가 아니라 조심성(콘돔과 함께하는 사랑)이 필요한 일이라는 것을 일깨워주는 용기를 보였다.

우리는 암에 대해서라면 숱한 말을 할 수 있다. 당신은 극복할 수 있어요. 이겨낼 거예요. 내 주위에도 암에 걸린 사람이 있어요. 등등. 눈치 없을 정도로 격려할 준비가 되어 있다. (너무 많아서 탈일 정도다.) 그런데 에이즈에 대해서라면? 우리는 순식간에 관음증 기질이 농후한 도덕주의자나 결정론자가 될 수 있다. 너는 과거에 어떤 잘못을 했니? 너는 난잡한 성생활을 즐겼니? 더럽게 놀았니? 그 결과로 너는 신의 벌을 받은 거니? 아니면 그저 지독하게 운이 나빴던 거니?

에이즈 환자를 돕는 자선기금 모금에 참여하거나 그녀를 위해서 기도하거나 그녀를 동정할 수는 있어도 그녀와 사랑까지도 나눌 수 있을까? 인류를 위해서 고결하게 죽을 수는 있지만 감염자의 애인으로 성관계를 나누다가 죽는다면 그건 좀 얄궂지 않을까? 에이즈 감염자는 섹스에 있어서는 불가촉 대상인 것처럼 여겨진다. 그래서 프레데릭이 카티와 사랑을 나눈 후 우리는 그의 오르가즘이나 기쁨이 아니라

그의 감염 여부에 관심을 갖는다. 쉬운 사랑도 있을 텐데(하지만 정말 쉬운 사랑이 있을까?) 정상적인 사랑도 있을 텐데(정상적인 사랑이라면 어떤 거지?) 하며 마치 위험한 성생활만이 그들 사랑의 유일한 주제인 것처럼 이 커플을 대하게 될 수 있다. 그들에게도 그들만의 사랑하는 방식이 있을 거라는 생각은 우리의 상상력 너머로 아득히 사라진다. 우리는 카티가 제아무리 매력적이어도 프레데릭을 행운의 남자로 부러워하지 않을 것이다.

슬픔과 함께 기뻐할 줄 아는 이들의 행복

이 시적이고 사랑스러운 만화엔 자의식의 광활한 풍경이 없다. 이해할 수 없는 중대한 병에 걸리면 사람들은 훨씬 더 이중적인 존재가 되기 마련이다. 살고 싶다—살고 싶지 않다. 나를 내버려둬—나를 혼자 내버려두지 마, 같이 있어줘서 고마워—동정은 말고 나한테서 좀 떨어져, 내가 얼마나 힘든 줄 알아?—나 때문에 힘들지? 나는 벌을 받는 거야—내가 뭘 잘못했는데, 실망시키지 않을게—넌 결국 실망할 거야, 세상은 나를 버렸어—여전히 이 세상에서 살고 싶어, 사람들은 냉정해—누구도 비난하지 말자. 그린데 카티는 자기연민에 가득 차서 자기중심적인 악을 쓰지 않고, 단지 "피곤하고 지쳐."라고 말하면서 키스를 할 줄 아는 여인이다. 그녀는 자신에게 찾아온 사랑을 병 때문에 겁내지 않고 감사와 기쁨으로 받아들일 줄 안다. 그녀는 질병의 피해자라는 입장에 짓눌리지 않고 떼쓰지 않으면서도 행복을 포기하지 않는다.

프레데릭에게는 연인의 곤경에 대한 연민, 연인이 겪는 고통에 대한 분노와 그로 인한 혼란을 겪는다. 그러나 그는 사회적 체면에 묶이지 않고, 연인을 상황과 관계없이 한 인간이자 여성으로 받아들일 수 있는 인간적인 자유로움도 갖고 있다. 연인에 대한 믿음도 있다. 그녀가 '삶에 필요한 모든 재능'을 가지고 있다는 믿음이다. "그녀가 에이즈에 걸리지 않았으면 좋았을 텐데." 같은 회한에 가득 찬 탄식 대신 그는 기쁨과 슬픔에 대해 말한다. "뒤돌아보면 희미하면서도 끊임없는 기쁨과 행복이 느껴지는 듯하다." 이 말이 진심일까? 행복의 모습은 이러이러해야 한다는 관념에 사로잡힌 사람(행복은 어떤 조건들의 충족이라고 생각하는 사람도)이라면 이 말이 의심스러울 수도 있다. 뒤돌아보면 가슴 철렁한 순간과 비애스러운 고통이 아니라 희미한 기쁨과 행복이 느껴진다고? 프레데릭은 기쁨과 행복의 정체에 대해서 이렇게 말한다.

"하지만 이것은 크고 작은 일련의 고비들을 이겨낸 까닭이라는 걸 난 알고 있다."

그와 그녀가 이겨낸 것은 질병이 아니다. 그와 그녀가 이겨낸 것은 둘 사이의 고비들이다. 카티의 과거는 카티의 병이라는 모습으로 군건히 영향을 미치고 있고 한 번도 원해본 적 없는 삶의 리듬을 받아들이도록 변함없이 둘에게 강요하고 있다. 둘은 문제를 없는 것으로 만들어버릴 수는 없었지만(즉 일거에 병을 없애버리는 혁신적인 약이 개발되지는 않았지만) 그렇다고 현실을 환상으로 대체하지도 않았다. 현실을 같이 경험하고 헤쳐 나가야 할 생생한 실재로 받아들였다.

물론 슬픈 장면은 여전히 슬프고 그 슬픔이 우리에게도 고스란히 전해진다. 엄마처럼 에이즈에 감염된 카티의 어린 아들이 나오는 장면들이다. 이 아이는 평생 약 없이는 살 수 없을 것이다. 언젠가 이 아이는 자신에게 벌어진 문제를 이해하느라 크나

큰 고뇌 속에 빠져들게 될 것이다. 우리는 아이가 때가 되면 현명하게 헤처나오기만을 바랄 뿐이다.

"이 병은 최악의 불운이자 최고의 행운"

이 만화에서 가장 아름다운 장면은 프레데릭이 꿈속에서 거대한 매머드를 만나는 장면이다. 꿈을 꾸기 전 프레데릭은 혼란 속에 있다. 과학이나 의학이 가까운 시일 내에 그녀를 낫게 할 수 있을까? 병을 우리 삶에서 몰아낼 수 있을까? 병이랑 같이 살지 않을 방법이 있을까? 이 병이 평생 가는 것이라면 나는 아예 첫발을 잘못 디딘 것일까? 발을 잘못 디뎠다면, 그렇다면, 우리가 서로에게 느꼈던 인간미나 유대감, 꿈은 다 뭘까? 에이즈에 걸려서 사회적으로 낙인찍히고 격리된 내 연인 때문에 내가 이 사회에 갖게 된 분노는? 카티의 고통은 얼마나 안쓰러운가? 나는 그녀의 고통을 동정해.

그런데 꿈속에서 "육체적 질병은 인간으로서 손댈 수 없는 부분, 바로 사랑을 망가트려."라며 화를 내는 프레데릭에게 매머드는 말한다. "아마 이 병은 자네한테 최악의 불운이자 최고의 행운이 될 거야. 가장 본질적인 것에 눈을 뜨게 해줄지도 모르지."

우리는 매머드의 이 말을 지금은 완전히 이해하지 못할 수도 있다. 질문하기 전에 대답을 이해할 수는 없으니까. 육체적 질병이 망가트린다는 사랑. 그 사랑은 대체 뭐지? 질병은 에로스를 죽게 할 수도 있다. 그러나 둘은 아직 서로에게 육체적으로 주체할 수 없이 끌리고 있으니 에로스 이야기는 접어두자. 확실한 것은 우리가 한 사람을 오로지 병으로만 환원할 때에 사랑은 망가진다는 사실이다. 병 걸린 사람으로서 이렇게 저렇게 살아야 하는 것 아니냐고 규정하고 처리해버릴 때 우리는 사랑의 불구자다. 프레데릭이 눈뜨게 될 수 있는 가장 본질적인 것은 대체 무엇일까? 사랑하는 사람과 함께 삶의 고비를 넘어본 사람만이 대답할 수 있을 것이다. 이런 점에서 사랑에는 용기가 필요하다. 현실을 직면하는 용기, 현실을 피하지 않는 용기, 현실을 환상으로 대체 하지 않는 용기, 감정에 속속들이 솔직해지는 용기 말이다.

나날이 경쟁은 치열하고 세계는 날이 갈수록 냉정하고 쓸쓸하게 여겨진다. 이 세계에서 사랑은 물론 섹스조차도 힘들다. 좋은 파트너는 어떤 사람일까. 사랑에도 무차별적으로 등급이 매겨지고 있다. 세상도 사랑도 황무지 같다. 우리는 사랑을 우리의 실존적, 경제적 불안감을 달랠 돌파구처럼 여기기도 한다. 프레데릭과 카티의 사랑이야기는 우리의 속물적인 공리주의식 사랑관(사랑에도 이득이 있어야 한다.)과 편협함(사랑할 만한 사람은 따로 있다. 혹은 사랑은 육체적으로 건강한 사람끼리의 이야기다.)을 부끄럽게 돌아보게 한다. 사람을 혼란스럽게도 하고 예측 불가능한 상황에 빠트리게도 하는 사랑은 반대로 사람을 어떤 상황 속에서도 생생하게 살아 있게 하고 우리가 그전엔 몰랐던 삶의 신비 속으로 무한히 끌고 들어갈 수도 있다는 것을 『푸른 알약』은 보여준다. 매머드의 대답을 언젠가는 우리는 스스로에게 던지는 질문을 통해서 이해할 수 있을 것이다. 나는 언제 사랑의 불구자가 되었지? 사랑 때문에 우리는 무엇에 눈을 떴지?

푸른 알약

1판 1쇄 펴냄 2007년 4월 2일
1판 11쇄 펴냄 2013년 3월 25일
증보판 1쇄 펴냄 2014년 4월 15일
증보판 3쇄 펴냄 2019년 7월 30일

지은이 프레데릭 페테르스
옮긴이 유영
펴낸이 박상준
펴낸곳 세미콜론

출판등록 1997.3.24. (제16-1444호)
(우)06027 서울특별시 강남구 도산대로1길 62
대표전화 515-2000 팩시밀리 515-2007

ISBN 978-89-8371-328-5 03840

세미콜론은 이미지 시대를 열어 가는 (주)사이언스북스의 브랜드입니다.